再見了，忍老師

浪花少年偵探團2

東野圭吾 著
王蘊潔 譯

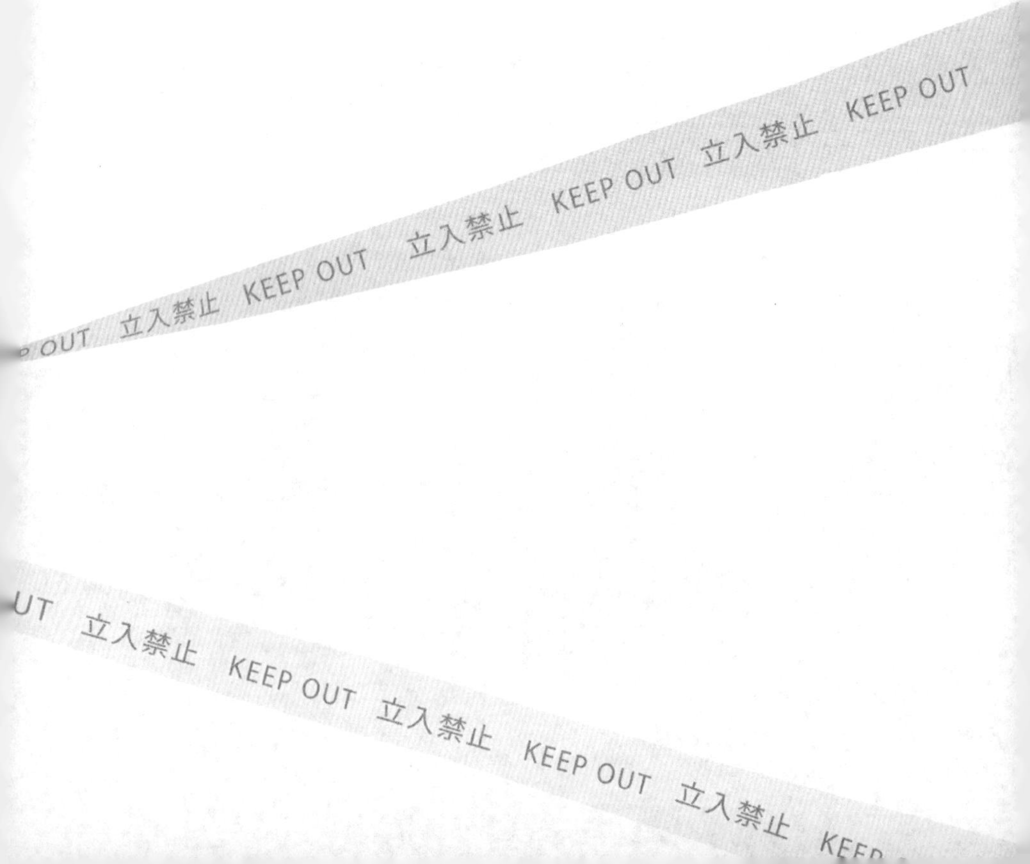
P OUT 立入禁止 KEEP OUT 立入禁止 KEEP OUT 立入禁止 KEEP OUT
UT 立入禁止 KEEP OUT 立入禁止 KEEP OUT 立入禁止

目錄

忍老師的求學生活

1

第四號打者揮出球棒，隨即聽到好像東西破裂般的聲音，白球飛上天空。白球比棒球大了一號，中外野手一路倒退追著球，但壘球從他伸出的手臂上方一公尺處飛過，掉落在球場上。

歡聲中，兩名跑者衝回本壘，擊出安打的選手跑上二壘。

「讚喔，這下子穩贏了啦。」

西丸仙兵衛盤腿坐在一壘附近的長椅上，喝著昆布茶，看了計分板一眼。剛才的兩分讓西丸商店以八比三，領先對手松本商會整整五分。

「還不賴嘛，真希望能把這份氣勢用在做生意上。」

仙兵衛點了點頭，笑開了懷，看了一眼對手隊的休息區。由於在球場上連連失利，勝利無望，松本商會隊的士氣低迷。

「松本隊在比賽前誇下海口，現在他們終於見識到我們的厲害，以後就不敢再說大話了，富井，你說對不對？」

仙兵衛說道，坐在他旁邊的一個身穿西裝的小個子男人附和著：「可不是嘛！」

就在這時，對手隊的休息區傳來一個陌生的聲音。

「投手在幹嘛？振作一點嘛，不要害怕，往內角投。那種彎著上身，翹著屁股的打者不可能打到球。」

毫無疑問，這個震動耳膜的說話聲是女人的聲音。照理說，休息區內應該都是男人，仙兵衛定睛細看，發現了最角落有一名選手站了起來。

「富井，你看，松本隊的休息區有一個女人。搞不好他們覺得在場上贏不了我們，想靠美色來扳回一城。」

「有道理，不過，」富井也看向對手球隊的休息區，「那個女人看起來好像和美色無緣。」

「美色也有很多種啊。」

仙兵衛拿起放在旁邊的望遠鏡，把焦點對準那個女人，發現她的圓臉上有一雙細長的眼睛，是一個美女。

「長得很漂亮嘛。」

仙兵衛把望遠鏡緩緩向下移，從脖頸移到胸部，又仔細打量了她的腰。「她不該穿什麼制服。」

「啊？」富井問。

「這樣根本看不出身體的曲線嘛。」

「喔……」

他又緩緩將望遠鏡向上移，發現那個女人也正看著他，似乎察覺有人正對她品頭論足。仙兵衛嘿嘿一笑時，女人拿起旁邊的紙，用麥克筆寫了起來。

死老頭。紙上寫了這三個字。

仙兵衛忍不住瞪大了眼睛。

就在這時，松本商會隊的總教練站了起來，提出要換選手。沒想到走向投手丘的正是那名女選手。

「喔，要讓那個女人投球嗎？」

她一出場，剛才一片死氣沉沉的松本商會加油席上立刻傳來「終於等到了！」、「好好修理他們！」的吆喝聲。仙兵衛驚訝地看向聲音的方向，當他發現那幾個吆喝的人看起來像是小學生或是中學生時，眼睛瞪得更大了。

「那幾個人是怎麼回事？」

「不知道。」富井也轉頭看著，「好像和松本商會沒什麼關係。」

「算了，別管他們，打女人的球也很有意思，叫她儘管放馬過來。」

仙兵衛對自家球隊的選手叫嚷道。

站在投手丘的女投手用力轉動著右手臂。

「我第一球就會投快速球，你給我好好接住。」

她對捕手說道。雖然捕手舉起手套回應，但頻頻看向自家球隊的休息區，偏了偏頭，他似乎也是第一次和女投手搭檔。

球場上的騷動到此為止。在她做完暖身運動，又練習投了兩、三個球後，兩隊都陷入了沉默。

她的手臂像風車般旋轉一圈後，手上的球以和剛才的投手無法相提並論的飛快速度，飛進了捕手的手套。

「好球，速度真快啊。」

加油席上的小孩子又叫了起來，女投手對他們揮著手套。

「她到底是誰……？」

仙兵衛嘀咕道，富井打開了對手球隊的成員表，用手指按著一整排名字中最後面一個。

「找到了，好像是松本商會找來的救兵，名字叫竹內……竹內忍。」

「竹內忍……」仙兵衛嘀咕道，「真是好名字。」

幾分鐘後，女投手連續三振了兩名打者後，神氣地離開了投手丘，中途和仙兵衛視線交會。她的手指按在右眼下方，對他扮了一個鬼臉。

2

阿忍把三碗泡麵丟進購物籃，正準備轉身離開時，撞到了一個人。她不假思索地說了聲：「對不起。」但看到對方的臉，立刻感到後悔。那個少年理著平頭，個子稍微長高了一點，額頭正中央竟然人小鬼大地長了兩顆青春痘。他是阿忍以前教過的學生田中鐵平。

「整天吃泡麵小心營養失調喔。」

鐵平嘻皮笑臉，用變聲期特有的聲音說道。阿忍急忙把購物籃藏在身後。

「這是消夜，用功讀書的時候肚子容易餓。」

阿忍說完，低頭看著鐵平的臉，「你這個中學生，為什麼會跑來這裡？」

「中學生也會來逛超市啊。」

「特地搭電車來這裡的超市？我要告訴你爸媽。」

「是我爸媽叫我來的，這是上次打壘球的謝禮。」

鐵平遞上一個長方形的紙包，包裝紙上印著阿忍平時常去的蛋糕店名字。

「那你為什麼不早說？啊喲，不必那麼客氣嘛。」

阿忍眉開眼笑地接過紙包。

之前是鐵平拜託阿忍去當壘球隊的救兵，鐵平的父親在松本商會工作，無論如何都希望可以打贏西丸商店，所以，阿忍也為他們兩肋插刀。

阿忍的投球很出色，而且兩次上場打擊都擊出了跑回本壘都沒有被接殺的場內全壘打，只可惜之前比數的落差實在太大了，所以最後還是輸了比賽。

「老師，如果一開始就讓妳上場，就穩贏了，那個總教練是白癡。」

「他可能看我是女人，所以覺得靠不住吧，這種事經常發生，也算是一種性別歧視。」

他們在夕陽下走去車站。阿忍的公寓就在往車站那條路上，這裡是密集的住宅區，有很多單行道。

「對了，中學的情況怎麼樣？功課是不是變難了？」

「還在慢慢適應。」鐵平的聲音變得很小聲。

「這個回答真讓人不放心，英語怎麼樣？跟得上嗎？」

「現在還沒問題，吉斯依茲啊片，矮阿姆啊波伊。」

「等一下。」

當他們轉過最後一個街角，來到公寓前時，阿忍停下腳步。她看到一個個子矮小、有點駝背，身穿灰色西裝的男人在門口鬼鬼祟祟地張望。

「就是昨天那個男人。」阿忍小聲嘟囔。

「妳認識他嗎？」鐵平也竊聲問道。

「我從大學回家時，他跟在我後面，搞不好是變態。」

「還真是不挑啊。」

阿忍拍了一下鐵平的腦袋，說了聲：「好。」用力吸了一口氣，把手上的東西交給鐵平，從超市的袋子裡拿出蘿蔔，慢慢走了過去。那個男人看著公寓的方向，對背後毫無防備，根本沒有注意到有人從後方靠近。

阿忍走到距離他只有一公尺的地方時，突然對著他的背後問：

「你在看什麼？」

男人倒抽了一口氣，轉過頭看到阿忍，「啊哇哇哇」地叫了起來準備逃走。

阿忍抓住他的衣領，用手上的蘿蔔重重地敲向他的腦袋。蘿蔔斷成了兩截，那個男人抱頭蹲了下來。

「別想逃，走，去找警察。」

「不是啦，妳搞錯了。」

男人哭喪著臉抬起頭。

「你就是變態，我哪有搞錯？」

「我不是變態，我是西丸商店的富井。」

「西丸？」

「是我們總裁派我來的，他想見妳。」

位在谷町四丁目的西丸商店是一棟面向馬路的四層樓房子，招牌上的公司名字下方寫著「歡迎訂做學生制服．員工制服和工作服」幾個字。

阿忍和鐵平坐著富井開的廂型車進入了大樓後方的停車場，車子停好後，他們下了車。

「明明有這麼高級的進口車，為什麼我們只能坐廂型車？」

鐵平看著停車場內的賓士和富豪轎車，忍不住嘀咕道。

「那幾輛車是公司的招牌，讓客戶覺得我們公司的生意興隆，平時很少開。而且，只有董事長專用的賓士可以發動，那輛富豪是報廢車，只是把外表稍微整理了一下，油箱裡根本沒有汽油。」

「真的耶，連車牌都是畫紙做的。」

鐵平繞到富豪車前大聲地說。

「總裁家就在公司後方。」

他們跟著富井來到一棟看起來像高級日本餐廳的日式房子前。雖然是平房，但房子很深。富井對著門旁的對講機打招呼後，走進了屋裡，阿忍他們也跟在他的身後。

打開玄關的門，一個身穿和服、四十歲左右的女人走了出來。她的臉很圓潤，眼尾和眉毛都微微下垂，鼻子下有一張小巧的嘴。她帶著阿忍他們走進裡面的房間，請他們在那裡等待。富井沒有跟進來。

阿忍和鐵平慢慢移動著跪坐著的雙腳，巡視著房間內的情況，不一會兒，鐵平來到壁龕前說：

「老師，妳看，雖然我看不懂這是什麼，但看起來很高級的樣子。」

阿忍也移向那裡，發現壁龕內裝飾著很有威嚴的武士刀和花瓶，牆上掛的畫也用毛筆畫了複雜的曲線。

「真的耶，有錢人常常把錢花在這種莫名其妙的地方。」
她的話音剛落，紙拉門突然打開，阿忍和鐵平慌忙回到坐墊。走進來的那個人正是之前在壘球比賽時見到的老人，他個子不高，臉很小，一頭往後梳的白髮看起來很氣派，腰也挺得很直。
老人看到阿忍，露齒一笑，問道：
「我是西丸仙兵衛，妳是竹內忍吧？」
聽到阿忍回答：「是的。」他滿意地點了點頭，又看著鐵平說：「買一送一啊。」鐵平聽了有點生氣，仙兵衛露出一口黃牙哈哈大笑起來。
「你不必那麼生氣，我喜歡的口號就是——便宜，免費奉送和買一送一。」
「但是，你家裡的擺設都很昂貴。」
阿忍看著壁龕說道。
「喔，妳是說這個，很不錯吧？但那些都不是我買的，武士刀是演戲的道具，花瓶是從垃圾場撿回來的，以前搞不好是用來吐痰的。」
「啊喲，好髒喔。」鐵平皺起了眉頭。
「掛著的那幅畫也是嗎？」阿忍問。
「那是今年滿三歲的孫子的塗鴉，這樣掛起來，是不是看起來很有價值？反正就是這麼一回事啦。」

仙兵衛說完之後，又大聲笑了起來。

「呃，請問你今天找我有什麼事？」

聽到阿忍發問，仙兵衛恢復了嚴肅的表情，再度打量著她的臉。

「上次的比賽太可惜了，如果妳早一點上場，西丸隊就輸了。雖然妳是敵隊的選手，但妳的表現太傑出了。」

「那當然，」鐵平說：「老師以前是球隊的王牌，是第四棒。」

「我知道。」仙兵衛點了點頭，從懷裡拿出報告紙，「聽說有職業球團來挖角，但妳最後還是決定當小學老師。妳在生野區的大路小學當過老師，目前暫時離開那裡，在兵庫縣的大學深造，畢業之後，還是打算回去當老師吧？」

「幹嘛調查我，真不舒服。」

阿忍挑起眉毛。

「生氣的表情也很可愛，好，那我就有話直說了。我有一事想要拜託妳，希望妳可以來我們公司工作。」

「呃？」

阿忍和鐵平同時叫了起來。

「我們公司需要像妳這樣的人材，拜託妳，薪水很優渥喔。」

「為什麼要我來你們公司？」

「說來話長，怎麼樣？我已經吩咐他們準備晚餐了，我們一邊喝酒，一邊慢慢聊。」

「不必客氣了，我無意換工作。」

說完，阿忍拍了拍鐵平的背說：「回家吧。」然後站了起來。

「等一下，那至少聽我把話說完，河豚火鍋應該也已經準備好了。」

「什麼？」

河豚火鍋——當然就是河豚肉的火鍋。阿忍正想打開紙拉門，聽到仙兵衛的話，她的手立刻停了下來。

「還有河豚生魚片。」仙兵衛似乎看穿了她的心思，進一步誘惑她。

「老師，不行啦，」鐵平拉著阿忍的袖子，「妳不能被食物誘惑啦。」

「嗯，我知道。」

阿忍輕輕點了點頭，來到走廊上。「竹內小姐。」仙兵衛的聲音從身後傳來。

就在這時。

啊！不知道哪裡傳來了尖叫聲，隨即聽到了有什麼東西重重打向地面的沉悶聲音。

3

「剛才是什麼聲音？」

兩、三秒後，阿忍問道。她仍然站在走廊上。
「好像是從公司方向傳來的。」
仙兵衛低聲嘀咕完，推開阿忍他們，走向玄關的方向。阿忍他們當然也跟了上去。幫傭也站在玄關，看到仙兵衛，立刻把鞋子放到他腳下。
「福子，拿手電筒給我。」
「好。」她立刻找來手電筒。
「妳剛才有沒有聽到奇怪的聲音？」
「聽到了，好像是停車場那裡傳來的。」
嗯。仙兵衛點了點頭，衝出了家門。阿忍和鐵平，還有福子也跟在他的身後。
雖然還不到八點，但因為不是在大馬路上，街上沒有路燈，所以停車場內很暗。仙兵衛用手電筒照著路，十一月的晚上，難得沒有風。
「什麼也沒有啊。」
仙兵衛小聲說了之後，對阿忍他們說：「竹內小姐，請你們不要隨便走動。」
「不用擔心，現在眼睛已經適應了——咦？」
「怎麼了？」
「我好像踩到了什麼奇怪的東西……」
阿忍的話音未落，仙兵衛就用手電筒照著她的腳下。阿忍立刻跳了起來。

「是人。有人倒在地上。」

鐵平叫了起來。一個身穿深色西裝的男人倒在地上。仙兵衛跑過來，一看男人的臉，忍不住發出呻吟：「米岡……」

接著，他抬頭看著建築物，阿忍也跟著抬頭往上看。四樓的窗戶敞開著，燈光從裡面灑了出來。

「是從那裡掉下來的嗎？」阿忍問。

「福子，趕快把警衛森田找來，然後打電話到醫院和報警，再聯絡昭一。」

「好。」福子回答後，衝向了建築物的正門。仙兵衛蹲在男人身旁觀察著，難過地說：

「他是我們公司的銷售部部長，看來已經沒救了，為什麼會這樣？」

這時，一身警衛打扮、四方臉的中年男子跑了過來。他似乎是這裡的警衛。

「森田，你剛才沒有聽到什麼聲音嗎？」

聽到仙兵衛的問話，森田嚇得把身體縮了起來。「我聽到了，但以為無關緊要。」——他後半句話說得吞吞吐吐。

「不必辯解了，在救護車來之前，你先守在這裡，我去樓上察看一下。」

仙兵衛把視線移向阿忍他們，「不能因為這件事給你們添麻煩，你們可不可以去家裡坐一下，馬上就幫你們叫車子。」

說完，他快步離開了，俐落的動作完全不像是老人。

阿忍和鐵平走向西丸家，但仍然不時回頭張望。

「老師，搞不好是命案喔。」

鐵平小聲地說。

「對啊。」阿忍簡短地回答。

「但如果就這樣回家，這件事就和我們沒有關係了。」

「嗯。」

「我們就不會被捲入無聊的事。」

「嗯，是啊，也不必接受讓人心煩的偵訊。」

但是，他們說話的聲音越來越小聲。最後，兩個人都停下腳步互看著。

「老師。」鐵平叫著。

「嗯。」阿忍點了點頭。下一刻，兩個人都轉身跑了起來。

「啊，你們要去哪裡？你們要在家裡等啊。」

阿忍和鐵平不理會警衛森田的叫聲，跑到建築物的前方，從大門進去時，福子剛好在警衛室前掛上電話。她看到阿忍和鐵平，驚訝地抓住了阿忍的手。

「請等一下，老爺吩咐，絕對不能讓外人進去。」

「我不是外人，我們一起被捲入了這起事件。」

「正因為這樣，所以更不能給你們添麻煩。」

當阿忍和福子拉拉扯扯時，鐵平已經按下了電梯的按鍵。電梯下樓了，門打開時，仙兵衛從裡面走了出來。

「你們在這裡吵什麼？」

「老爺，竹內小姐說要上去瞭解情況，我勸也勸不聽。」

「是喔，」仙兵衛看了阿忍一眼，「沒關係，妳放開她。妳去拿備用鑰匙，門鎖住了，我進不去。」

「備用鑰匙？喔，好。」

福子走進警衛室，拿了有好幾把鑰匙的鑰匙串走了出來。

「那就走吧。」

仙兵衛把鑰匙放進懷裡，阿忍他們也跟著他走進了電梯。

來到四樓，電梯門一打開，前方立刻出現了一道門。仙兵衛拿出備用鑰匙串，他的眼睛似乎已經有老花，看不清楚，皺著眉頭逐一確認後，終於找到了正確的鑰匙。

打開門鎖，走進房間內，發現寬敞的樓層內只亮了三盞日光燈。只有日光燈正下方的那張桌子沒有整理，感覺工作到一半。那張桌子上放了銷售部長的名牌，所以，阿忍推測他正在加班。

「你們公司真先進，還有這個。」

鐵平對桌上的電腦產生了興趣，辦公室內幾個人共用一台電腦，電腦旁貼著一張紙，上面寫著：「減少用紙量，資料不要寫在紙上，要儲存在磁片中」。

有一台電腦沒有關機，好像是米岡在用的電腦。

「但好像沒什麼使用，雖然有表格計算的軟體，但使用率好像並不高。」

鐵平一臉得意地說。他在電玩和電腦方面算是小小的權威。

「喂，你不要隨便亂碰。」

阿忍提醒鐵平後，走向窗戶的方向。窗戶旁放了一個很大的書架。

仙兵衛站在窗戶前往下看。

「米岡真是做了蠢事。」

他自言自語道。

「做了蠢事？」

「妳看這個。」

他指著腳下，那裡整齊地放著一雙黑色皮鞋。阿忍忍不住「啊！」地叫了一聲，「雖然不知道他有什麼煩惱，但沒必要尋死啊。」

仙兵衛無力地搖了兩、三次頭。

幾分鐘後，救護車到了。

「不能給你們添麻煩，可不可以請你們今天先搭電車回去？」

在仙兵衛的要求下，阿忍和鐵平離開了大樓，但他們當然不可能就這樣回家。他們在停車場的鐵絲網外看見警車抵達後，大批警力開始行動。幸好這時四周已經聚集了不少看熱鬧的民眾。

「真奇怪。」

阿忍對鐵平咬耳朵說：「如果只是自殺，你不覺得警官太多了嗎？」

「有道理，有道理。」鐵平也表示同意。

「對啊，搞不好其中有什麼隱情。」

阿忍舔著嘴唇時，鐵平叫了一聲：「啊，慘了。」立刻低下了頭。

「怎麼了？」

「如果我們被那個一直沒辦法升遷的基層刑警大叔看到就慘了。」

什麼？阿忍看向鐵平示意的方向，發現一個熟悉的矮胖身影。他是大阪府警總部搜查一課的刑警漆崎。

阿忍抓著鐵平的手，從圍觀的人群中溜了出來，低著頭快步離開。雖然她認識漆崎，但因為某個原因，現在不想見到他。

走到一半時，不小心撞到了人，但阿忍沒有抬頭，只說了聲：「對不起。」就直奔車站的方向。

4

新藤心不在焉地低著頭走路，肩膀突然被撞了一下。「對不起。」一個年輕女人向他道歉。「不，我才該說對不起。」他在回答時抬起了頭，這時，對方已經擦身而過，回頭一看，兩個看起來像姊弟的人快步離開了。

「快到年底了，大阪人走路也這麼匆忙。」

新藤認為這樣的解釋很合理，再度邁開步伐。

來到現場時，前輩刑警漆崎已經到了。他可能是在家休息的時候被叫來這裡，所以一臉不悅地喝著罐裝咖啡。

「漆哥，你來得真早啊。」

一百八十公分的新藤低頭看著前輩刑警，一百六十公分左右的漆崎瞥了這位年輕刑警一眼說：

「我正在看錄影帶，剛好在演到精采的地方接到了電話，真讓人火大。早知道我應該快轉，先看完精采的部分。」

他很生氣地拔著鼻毛。

「樂趣留著慢慢享受才更有意思啊，那個掉下來的人呢？」

「送去醫院了，好像還有呼吸，不過，恐怕活不了。」

來到停車場，鑑識課人員和轄區的搜查員正在勘驗現場。現場標示了跌落的位置，但似乎並沒有太多血跡。

「米岡伸治，西丸商店的銷售部部長。」

漆崎告訴他墜樓男子的名字。

「是從那個窗戶墜樓的嗎？」

新藤仰頭看著四樓的窗戶嘀咕道：

「為什麼懷疑是他殺？」

「你去樓上看了就知道了。」漆崎說。

辦公大樓雖然有電梯，但電梯門旁貼了一張「客人專用」的紙，旁邊還有紅色的字寫著「為了您的健康和節省電費，請您使用樓梯」。

「西丸商店是以大阪為中心，專門製造和銷售各種制服的公司，前任董事長西丸仙兵衛目前是公司的總裁，他家就在公司後面，一個人住，只有幫傭大友福子每天上門幫忙張羅家事。」

漆崎在電梯中告訴新藤。

「真寂寞的退休生活啊。」

「表面上看起來好像是這樣，但你見到本人之後，就會有不同的感覺。他根本不寂寞，很少遇到這麼難對付的老人家。」

漆崎皺起眉頭時，電梯已經到了四樓。

「為什麼要把事情搞得那麼複雜，情況已經很清楚了，米岡是自殺。」

新藤他們一走進房間，立刻聽到咆哮的聲音。說話的人仰著頭，坐在窗邊的座位上。雖然這個老人的個子不高，但穿和服很有型。他就是西丸仙兵衛。

「但是，現場還有很多疑點。」

彎著腰站在他面前的是新藤他們的上司村井警部，他面對著窗戶的方向。

「首先是這個百葉窗，百葉窗被扯壞了。從扯壞的痕跡研判，米岡先生迎面撞向了百葉窗。也就是說，是在窗戶開著，百葉窗也拉下來的情況下墜樓的。怎麼可能有這麼奇怪的自殺方式？」

「眼前就有啊。」

「雖然是這樣，但目前還不知道到底是不是自殺。至今為止，從來沒有發生過這種自殺的案例，至少在我記憶中沒有。」

「那只是因為你們經驗不足。」

原來如此。新藤暗想，漆崎說得沒錯，這個老人真的很難纏。

「還有其他的疑點，」村井很有耐心地繼續說道：「米岡先生在掉下去之前抓了百葉窗。掛百葉窗的兩個掛鉤中，有一個已經完全彎掉了。如果是基於自我意志自殺，怎麼會去拉百葉窗？」

仙兵衛沒有馬上回答，他動作緩慢地從懷裡拿出 Hi-lite 香菸，用一百圓打火機點了火之後，深深吸了一口。灰白色的煙飄向天花板。

「我說啊，」他開口說道：「這就是人性的悲哀，雖然作好了想死的準備，但死到臨頭，難免對這個世界產生眷戀，所以就伸手亂抓一通，想要抓住救命稻草。這種心情我很能夠理解。」

村井心浮氣躁地抓了抓頂上無毛的腦袋，然後嘆了一口氣。

「這種解釋或許可以成立，但我們認為很不合理，研判也有可能是偽裝成自殺的他殺。只要有一絲這樣的可能性，就要徹底調查，這也是我們的工作。」

「哼，」仙兵衛冷笑了一聲，「你們領的是納稅人的稅金，所以想要沒事找事做。」

村井頓時火冒三丈，但他還是忍住了。

「情況就是這樣，所以請你務必配合，請你告訴我那兩位訪客的名字。」

仙兵衛閉上了雙眼，吐出下唇搖了搖頭。

「我不能說，和他們沒有關係，我也不能把他們捲入這種麻煩。況且，你們說是他殺，我更不可能向你們透露。」

「我們絕對不會給他們添麻煩的。」

「我沒辦法相信你們。」

仙兵衛垂著兩側嘴角。

「訪客是怎麼回事？」

新藤走到窗前，觀察著村井他們小聲地問。

「今天晚上，西丸家好像有兩名訪客，一個年輕女人，另一個像是國中生，但這位老先生無論如何都不願說出他們的名字，死也不肯說。」

漆崎露出不耐煩的眼神盯著仙兵衛。

「要不要問一下幫傭？」

「已經問了，但她只知道是來找仙兵衛的客人。」

「喔喔。」

新藤再度看著村井他們的方向，這時，仙兵衛猛然從椅子上站了起來，發出哐噹的聲音。

「如果你們不滿意，就儘管調查吧，但請你們不要玷污西丸商店這塊招牌。」

「沒問題。」

村井向他鞠了一躬，仙兵衛走向出口，但中途轉頭說：

「今天晚上，你們在公司內四處調查都沒有關係，但明天之後，就請你們迴避，還有，你們兩個人，」他看著新藤和漆崎說：「刑警辦案必須雙腳勤快點，所以，下次請你們走樓梯，電梯跑一趟也是要花錢的。」

5

「那位老先生真囉嗦。」

村井走到新藤他們身旁，村井撇著嘴角說道。

「聽他的口氣，他似乎認定自己的公司不可能發生殺人命案。」

漆崎說道，村井點了點頭。

「老先生來這裡時，辦公室的門是鎖著的，鑰匙就放在米岡的桌上，所以，他堅稱不可能是自殺。」

「喔，所以是密室？」

新藤問，村井露出無奈的表情搖了搖頭。

「只要之前配好備用鑰匙，就可以解決這個問題，問題是，自殺的人特地把門鎖上，不是很不自然嗎？」

的確有道理。新藤點了點頭。

「還有另一個令人在意的問題。」

村井拿起放在旁邊桌上的兩本厚實的資料簿，交給了漆崎和新藤。

「原本放在那裡。」

他指了指窗邊的書架。那個書架很大，最上面的那層幾乎快碰到天花板了。

「這兩本資料簿原本放在第三層，其他相同系統的資料簿都放在第二層，第二層也有應該是放這兩本資料簿的空間。」

聽到村井這麼說，新藤和漆崎抬頭看著書架，第二層的確有可以放這兩本資料簿的空間。

「更奇妙的是，翻開這兩本資料簿，發現有相同的污損。」

兩個人翻開資料簿。村井說得沒錯，上面好像沾到了細沙，有些地方有奇怪的摺痕。

「好像曾經掉在地上。」漆崎說。

「沒錯，」村井點了點頭說：「還有一樣有趣的東西。」村井從桌子後面拿了什麼東西出來。仔細一看，是差不多一公尺長的椅梯。

「這個原本放在書架旁，用來拿放在上面的東西。你們看到這兩本資料簿和椅梯，有沒有想到什麼？」

村井的話音剛落，漆崎就說：

「我知道了。米岡站在椅梯上，想要拿這兩本資料簿，有人悄悄從後面靠近，用力把米岡的身體推向窗戶的方向。」

「真不愧是老漆，」村井說：「當身體用力往上伸的時候被人一推，一下子就摔下去了。米岡手上的資料夾掉了下來，身體撞到了百葉窗，整個人都摔出了窗外。要把一個大男人丟出窗外並不容易，但如果是這種情況，就連女人也可以辦到。之後，凶手把椅梯放好，又把資料簿放回原位後逃走了，但可能太匆忙了，結果放錯了位置。」

漆崎佩服地用力點頭，村井得意地張大了鼻孔。新藤蹲了下來，檢查著椅梯。因為他想到一件事。

「果然不出所料，站立的位置沒有泥巴。應該是脫了鞋子後才站上去，因為皮鞋底會滑。」

村井和漆崎也聽懂了新藤想要說的意思。

「所以，凶手為了偽裝成自殺，還把被害人的皮鞋放整齊。好，這麼一來，情況就越來越明朗了。」

村井頻頻點頭。

「對了，這根繩子是怎麼回事？」

新藤問的是椅梯下方那條綑綁行李時用的尼龍繩，長度不到一公尺，綁成了一個圓圈。

「這個嗎？不知道。」村井不假思索地回答，「我不認為這和命案有什麼關係。」

「到底是什麼？看起來不像是用來固定椅梯的。」

漆崎也偏著頭納悶。

三個人都沉默不語，這時，轄區的刑警走來告訴他們，西丸商店的董事長西丸昭一來了。

會客室在二樓。新藤和漆崎一走進去，看到一個四十出頭的瘦削男人坐在沙發上抽菸。他就是西丸昭一，年紀輕輕已經當上了董事長。看到仙兵衛坐在旁邊，新藤很想轉身逃走。

自我介紹後，漆崎把命案的大致情況告訴了昭一。昭一似乎已經聽說了，所以臉上並沒有驚訝之色。仙兵衛始終閉著眼睛。

「因為有幾個疑點，所以，我們一定要找出合理的解釋，請董事長務必協助調查。」

「只要是我力所能及的範圍都沒問題。」

聽到昭一的回答，新藤有點驚訝。昭一和仙兵衛不同，說了一口標準的東京話。

「莫名其妙，」仙兵衛在一旁說道：「答案很明顯，米岡是自殺，只要查出他自殺的理由就好。」

「爸爸。」

昭一出聲制止，仙兵衛終於閉了嘴。漆崎可能擔心惹麻煩上身，所以始終沒有看仙兵衛一眼。

「米岡先生經常加班嗎？」

他問了第一個問題。

「不，不光是米岡，本公司幾乎都不加班。今天晚上也不知道他要加班。」

「所以，他是自己留下來加班嗎？」

「應該是。」

「為什麼？你是不是知道原因？比方說，臨時有緊急的工作之類的。」

昭一皺了皺眉頭，微微偏著頭。

「我看了米岡的辦公桌，但不知道他為什麼留下來加班。」

他搖著頭回答。之後，露出好像突然想起什麼似的表情說：「這個星期他一下班就馬上離開了，說是有事，所以，不可能今天突然留下來加班，況且，今天又是星期六。」

「是喔，」漆崎蹺起腿，「他說下班後有事，到底是什麼事？」

「不知道，我猜想只是他想早點回家的藉口。」

昭一搖著手說，似乎並沒有太在意這件事。

漆崎輕咳了一下說：

「除此以外，還有其他和之前不一樣的地方嗎？」

他改變了發問的方向，但昭一的回答還是一樣。

「我沒想到有什麼特別的，感覺和平時差不多。」

「他的工作還順利嗎？」

聽到漆崎這個問題，昭一稍微停頓一下。

「馬馬虎虎吧，」他回答，「從我父親主事的時候，他就在這家公司上班，已經很有經驗了。」

說完，他又吐了一口煙。新藤對他的反應有點在意，瞥了仙兵衛一眼。白髮老人抱著手臂，閉著雙眼，一動也不動。

「我想請教一個可能聽起來有點奇怪的問題，你知不知道米岡先生是否和人結怨？」

漆崎又改變了問題的方向。

「米岡和人結怨？怎麼可能？」

昭一微微皺起單側臉頰，「他一看就是老實的大叔，不可能招人怨恨，至少他不是會樹敵的人。」

昭一的這番話聽起來不像在稱讚，反而像在揶揄米岡的老實。然後，他挺直了身體，看著眼前的刑警。

「恕我聲明，我認為這次的事完全是米岡的私人問題，警方應該會詳細調查，但請不要影響本公司的聲譽。」

真不愧是父子，居然和仙兵衛說同樣的話。新藤忍不住想道。

走出會客室，漆崎和新藤走上樓梯時，剛好遇到村井從樓上走下來。村井一看到他們，立刻壓低嗓門問：「情況怎麼樣？」

「不太妙啊。」漆崎回答。村井皺起了眉頭。

「但是，有一件事很令人在意。」

漆崎向村井報告，米岡這個星期都說有事，所以很早就回家了。村井也對這個問題很感興趣。

「是嗎？那有必要好好調查一下。」

「有可能是女人。」

「是啊——對了，我已經查到今天晚上來找仙兵衛老先生的客人身分了。老先生有一個跟班叫富井，我問了富井，他說今天是他開車把客人接來這裡的。」

「是嗎？那太好了，是工作上的客戶嗎？」

「不，和工作完全沒有關係，聽說是一個女大學生。」

村井意味深長地笑了笑說，漆崎聽了，也忍不住笑了起來。

「沒想到西丸老先生人老心不老啊。」

「對啊。老漆、新藤，不好意思，麻煩你們去富井那裡跑一趟。」

6

案發翌日是星期天，阿忍被門鈴聲吵醒了。

「這麼大清早，到底是誰啊。」

阿忍抱怨著起了床，急忙換了衣服，門鈴一直響個不停。阿忍被門鈴聲吵死了，隔著貓眼往外一看，看到兩張用手把嘴巴和眼睛往下拉的鬼臉。

「這兩個搗蛋鬼。」

阿忍打開門，兩個孩子把手從臉上拿了下來向她打招呼：「老師，早安。」一個是鐵平，另一個原田郁夫也是她之前教過的學生。

「一大清早上門有什麼事嗎？」

阿忍克制著怒氣問道，但這種態度對這兩個人完全無法發揮效果。原田沒有回答她的問題，說了聲：

「完了，我忍不住了。」

不等阿忍反應過來，他已經脫下鞋子，經過廚房，直接衝進了廁所。

「今天早晨真冷啊。」

鐵平也好像老人家一樣聊著天氣走了進來，他在桌前坐下後，立刻伸手拿餅乾盒。阿忍用力打他的手。

「我在問你有什麼事。」

「好痛。我好心來幫忙。」鐵平揉著挨打的手。

「幫忙？」

「對啊，我猜想警察一定會為昨天的事來找妳，所以，我也在旁邊比較好。因為老師的記憶力太不可靠了。」

「哼，你少說大話，你可別小看我的記憶力，我現在還記得你的成績單。」

「這種東西不值得記啦。」

鐵平露出不耐煩的表情，把一塊餅乾丟進嘴裡。

——鐵平說得對，刑警早晚會找上門。

阿忍想起昨晚看到漆崎的事。漆崎在那裡，代表他的搭檔新藤也會一起偵辦這起案子。那個年輕刑警曾經向阿忍求婚，但當時她為了當一名好老師，選擇繼續在大學深造。搬來這棟公寓後，也完全沒有和他聯絡，也請老家的家人不要透露這裡的地址。因為目前她希望專心讀書。

——這次的事恐怕會讓自己的行蹤曝光。

這也沒關係。阿忍心想。她也開始有點想念新藤了。

「對了，我還沒有看今天的早報。」

她從信箱裡抽出早報，先看了社會版。她原本期待可以看到相關的報導，但只在最下方的角落，看到「谷町四丁目的服裝公司員工從四樓墜落致死」的標題，標題下方只有很小的篇幅，簡單報導了這起事件的概要。

「怎麼才這麼一點篇幅？」

阿忍不滿地說。

「那也沒辦法啊，因為本來就是小事，這個世上還有很多重大事件。」

鐵平人小鬼大地說，原田用手肘捅了捅他。

「老師難得遇到一起事件，正高興得不得了，你怎麼可以掃她的興？」

「喔，你說得對。」鐵平抓了抓頭，「對不起，對不起啦。」

阿忍瞪著他們時，玄關的門鈴響了。「來——了。」原田應了門。他踮著腳，從貓眼往外看，隨即回頭對阿忍說：

「老師，基層刑警和一直沒辦法升遷的基層刑警來了。」

「呃。」阿忍站了起來。原田打開門鎖，漆崎立刻從門縫中探進頭來。

「誰是沒辦法升遷的基層刑警？」

「忍老師，妳真是太見外了，連明信片也不寫一張。即使不留地址，至少可以告訴我，妳一切都很好，這樣我也可以放心。」

新藤不滿地說。

「就是啊，自從老師失蹤之後，這半年來，他都沒辦法好好工作。」

漆崎在一旁不懷好意地笑了起來。

「對不起，」阿忍低頭道歉，「不過，我也很忙啦。」

「我知道啊。」

新藤說著，拿起茶杯準備喝茶，察覺到兩個小孩的視線。鐵平他們吃完餅乾盒裡的餅乾後，無所事事地看著新藤他們和阿忍。

「你們也真是的，既然知道老師住在這裡，為什麼不偷偷告訴我？」
「如果我們告密，老師會找我們秋後算帳。」
鐵平說完，原田也深深附和地用力點頭。
「沒錯，老師一定會痛扁我們，幸好是因為這起事件，讓老師的行蹤自然曝了光，真是鬆了一口氣，我們以後再也不用隱瞞了。」
「你們說得太誇張了，我什麼時候打過你們？」
聽到阿忍的話，兩個孩子互看著，搖了搖頭。
「先不談忍老師的事，來談談這起命案吧。」
漆崎說道，阿忍立刻很有精神地說：「好。」
阿忍詳細告訴了他們自己和仙兵衛的關係，以及案發當時的情況。漆崎似乎已經瞭解了大部分情況，所以只是確認而已。
「所以，關係人的供述都大致吻合嗎？」
阿忍問，漆崎摸著冒出鬍碴的下巴。
「警方對這起事件有什麼看法？也認為是自殺嗎？」
「對，嗯，是啊……」
漆崎吞吞吐吐，不置可否地應了一聲。
「目前認為是他殺，」新藤在一旁插嘴說：「那絕對是他殺。」

「笨蛋，你在亂說什麼？」漆崎慌忙地想要制止。

「告訴忍老師不會有問題的，好久沒有見到她了，至少要送個伴手禮嘛。」

對啊，對啊。鐵平他們也在一旁聲援。於是，新藤把警方認為有他殺嫌疑的根據告訴了阿忍。漆崎似乎已經放棄了，板著臉把頭轉到一旁。

聽了新藤的話，阿忍興奮不已，雙手在胸前交握。這段時間都沒有遇到這麼刺激的事。

「這麼說，凶手把米岡先生推下樓之後，在我們趕到之前就逃走了，他逃走的時候，沒有被任何人看到嗎？」

阿忍陷入思考。

「這的確是一個難題，」漆崎說：「因為逃生門沒有打開過的痕跡，如果要逃走的話，只能從大門離開，但警衛守在正門，所以，似乎也不太可能是他殺——」

這時，新藤又插嘴說：

「這個問題其實已經解決了，問了警衛之後，他說他幾乎都在裡面的房間看電視，所以，凶手可以輕易逃走。」

原來如此。阿忍覺得有道理，但漆崎有點不高興。

阿忍又繼續提出了心裡的疑問。

「我去四樓時，辦公室的門鎖著，凶手可能事先打了備用鑰匙，但任何人都可以隨意拿到備用鑰匙嗎？」

「恐怕很難。」漆崎的話還沒說完，新藤又搶先說：

「聽說很簡單，任何員工都可以輕易拿到辦公室的鑰匙，再去鑰匙店打一副備用鑰匙就解決了，問題在於公司以外的人能不能輕易拿到鑰匙。」

「嗯……這麼說，嫌犯可能是公司內部的人。」

阿忍說。漆崎抓了抓頭，重重地嘆了一口氣。

「是啊，但老實說，我們完全不瞭解目前的狀況。既然是他殺，就應該有動機，但目前完全找不到任何動機。」

「嗯，動機……」

「總之，要先去向那家公司的員工瞭解情況，不過——」

新藤笑嘻嘻地看著阿忍，「妳太厲害了，很有異性緣，從中學生到七十歲的老先生都一網打盡。」

「上次迎面走來的狗看到老師，也拚命對著老師搖屁股。」

鐵平在一旁插嘴說，但他的腦袋立刻挨了一拳。

7

離開阿忍的公寓，新藤和漆崎前往米岡家。昨天晚上，其他偵查員已經去了他家瞭解情況，但米岡太太昨晚無法心情平靜地說明情況，所以，今天由漆崎他們再度上門問案。

「我真是受夠了你的大嘴巴。」

漆崎把雙手插進口袋裡，駝著背走在路上嘀咕道。離開阿忍家後，他始終表現出這種態度。

「有什麼關係嘛，忍老師差一點被我娶進門耶。」

新藤心情愉悅地回答。見到久違的忍老師，他身心都很輕鬆。

「哪有差一點？你根本就是被人家甩了。」

「只是時機不對，忍老師認為，現在匆忙結婚對雙方都沒有好處。」

「人總是會把事情朝向自己有利的方向解釋，你會長命百歲。」

漆崎挖苦著他，但此刻的新藤完全不介意，一臉笑嘻嘻地哼著歌。

他們一路走，一路聊天，不一會兒，來到密集的住宅區。放眼望去，是一整排細長形的兩層樓房子，米岡家就在其中，他家的遮雨窗緊閉，小型停車場內，停了一輛好像玩具般的小客車。

「要開始做最痛苦的差事了，你能不能收起臉上的傻笑？」

聽到漆崎這麼說，新藤拍了自己的臉兩、三下。

米岡的妻子很瘦小，年約四十多歲，但看起來已經超過五十，當然是因為剛失去丈夫的關係。

「外子最近的確沒什麼精神。」

當問到米岡最近有什麼變化時，她看著放在腿上的手說道。

「他有什麼煩惱嗎？」

但她偏著頭說：

「的確好像有煩惱的樣子，但我不知道他在想什麼。因為他向來沉默寡言，也從來不在家裡談公司的事。」

「他是從什麼時候開始感覺沒有精神？」

「這個嘛，」她的手摸著臉頰，她的手也很纖細。「我不知道是從什麼時候開始，只是最近他常關在自己房間想事情，有時候也會一個人嘀嘀咕咕。」

是喔。新藤和漆崎互看了一眼。

「但是……如果是自殺，有一件事讓我感到不解。」

米岡的妻子小聲說道。

「什麼事？」漆崎問。

「就是他從四樓窗戶跳樓的事。據我所知，他絕對不會用這種方式尋死，因為他有懼高症，而且很嚴重，連遊樂園的摩天輪都不敢坐。」

兩名刑警又相互看了一眼。又多了一個證據推翻自殺的可能性。

「我想冒昧請教一下，米岡先生的交友關係如何？他是不是曾經和別人發生爭執？」

漆崎還沒有問完，米岡的妻子就開始搖頭。

「完全沒有這種事，他真的很膽小，想說的話也總是往肚子裡吞……但目前已經退休的西丸總裁常常說，這正是我老公的優點。」

「是嗎？」

漆崎告訴米岡太太，米岡這個星期都很早離開公司的事，問她是否知道理由，但她似乎完全不知道這件事。

「這個星期他每天都很晚才回家，我還以為他在公司加班。」

說著，她露出不安的眼神。也許是發現丈夫對自己有所隱瞞。她想到的事一定和新藤、漆崎所想的一樣，也就是米岡是否在外面有女人。

「不，這應該和本案沒有關係。」

新藤想要安慰她，但氣氛並沒有好轉。

之後，米岡太太帶他們去看了米岡的房間，那是一間兩坪多大的和室，有一張小矮桌和書架。米岡似乎喜愛閱讀，房間裡雜亂地堆放了很多書報。

「他很好學嘛。」

漆崎坐在矮桌前，拿起了桌上的書。新藤看著書架，不一會兒，「啊！」地叫了一聲。

「怎麼了？」

「這裡有一個紙袋，是什麼啊？」

漆崎從矮桌下拿出一個白色紙袋，打開一看，紙袋裡有六本書和活頁筆記簿。

「啊，這本書——」

新藤叫了起來。

8

星期三早晨，阿忍接到了仙兵衛的電話。她正準備出門時，電話鈴聲響了。

仙兵衛在電話中說，想和她談談上次的事。所謂上次的事，應該就是希望阿忍去西丸商店工作。阿忍雖然完全無意接受，但還是答應見面。因為她想瞭解西丸商店內部的情況，試圖尋找破案的線索。

那天，她只有上午的課。中午過後，她在梅田車站等著，富井開了那輛破舊的廂型車來接她。

「聽說昨天舉行了米岡先生的葬禮。」

阿忍一坐上車子就問。

「對，米岡先生雖然平時很低調，但有很多人參加了他的葬禮，一個人的人品果然很重要。」

「關於命案的事，有沒有瞭解什麼新的情況？」

「不太清楚。刑警也去了公司和葬禮，好像在調查什麼，但那絕對是自殺。西丸商店的員工不可能和殺人命案扯上什麼關係。」

「富井先生，刑警有沒有問你什麼？比方說……你知不知道他自殺的動機之類的。」

「這……當然有稍微問一下，但我這個人神經很大條，不太瞭解別人的煩惱。」

說著，富井打開了收音機。收音機中傳來關西著名相聲演員的相聲，但是，內容並沒有特別有趣，沒想到富井笑著自言自語：「啊哈哈，又在胡說八道了。」而且臉上的表情感覺很不自然。

來到西丸家後，阿忍今天沒有進去裡面等，仙兵衛親自來到玄關迎接。一看到阿忍，開心地瞇起了眼睛，但他的眼睛有點紅。他似乎因為籌辦守靈夜和葬禮的事累壞了。

「歡迎妳來。來，走吧。」

仙兵衛穿上木屐。

「要去哪裡？」

「那還用問嗎？當然是去公司，妳要先看過我們公司之後再談。」

說完，他邁開了大步。

阿忍跟在仙兵衛的身後，問了他關於命案的事。

「那是自殺，所以，必須瞭解他自殺的原因。那不是警察的工作，我們要自己調查。」

「這起案子不是有很多疑點嗎？也可能是他殺……」

仙兵衛猛然停下腳步，回頭看著阿忍。「妳聽誰說的？」

阿忍坦誠地告訴他，她認識那兩名刑警。仙兵衛不悅地哼了一聲。

「要慎選朋友啊，否則，別人會懷疑妳的人格。」

「總裁，你知道米岡先生為什麼自殺嗎？」

仙兵衛愣了一下，隨即移開了視線。

「不知道，我已經退休了。」

然後，他又把視線移回阿忍的身上，露出笑容說，「妳難得來我們公司，不要聊這些掃興的事，來，我們走吧。」

西丸商店大樓的一樓和二樓是工廠，三樓和四樓是辦公室。工廠內有很多機器在運轉，工人在機器之間工作。

「好像又進了新的機器。」

仙兵衛瞄了一下後說道。

「對，董事長說，這是電腦控制的機器。」

富井回答。

「是喔。」仙兵衛點了兩、三次頭又說：「真厲害，電腦是控制什麼？」

富井用力深呼吸後，含糊其詞地說：「當然可以控制很多，因為是電腦啊。」

「嗯，也對。」

仙兵衛也沒有繼續追問。「對了，廠長老濱還在請假嗎？」

「對，他頭痛，而且腸胃也不好，所以要請假一陣子。」

「那真傷腦筋，他應該去看過醫生了吧？」

「去看了，但情況仍然不見好轉。」

「老濱也五十多歲了。」

仙兵衛嘆著氣，阿忍站在他身旁再度巡視工廠內的情況。這裡的產品製造速度真的很快，工人好不容易才能跟上機器的速度。

來到四樓的辦公室，員工都井然有序地正常工作，難以想像這裡不久前才發生過命案。阿忍上次是在案發當晚來到這裡，整個辦公室靜悄悄的，當辦公室內有員工工作時，果然洋溢著活力。

看到仙兵衛，員工都笑著向他打招呼，但看到阿忍時，都忍不住露出狐疑的眼神。阿忍無視他們的眼神，觀察著辦公室內的情況。

「統計銷售業績變化趨勢的資料根本錯誤百出，到底是誰做的？」

有一個男人用嚴厲的口吻怒罵道。阿忍抬頭一看，發現坐在牆邊的男人目光銳利地瞪著周圍的人。阿忍立刻直覺地知道，那個人是董事長昭一。米岡就是從他旁邊的窗戶墜樓身亡。

正在董事長昭一身旁的員工小聲地回答：「是米岡先生。」

「既然人已經死了，想罵也罵不到了。」

昭一把資料丟在桌子上，咂了一下舌頭。
他終於察覺了仙兵衛他們，大步走了過來。
「有什麼事嗎？」他不假辭色地問。
「沒事就不能來嗎？這是我的公司。」
仙兵衛沒有正視昭一。
「話是沒錯，但現在很忙，如果沒有特別的事，可不可以請你改天再來？」
「我又不會影響你的工作，我只是帶這個人來參觀一下公司。」
被仙兵衛介紹為「這個人」，阿忍立刻鞠躬打招呼。昭一輕輕推了推眼鏡，看著她問：
「請問這位是？」
「我要找她來當秘書。」仙兵衛回答，昭一嚇了一跳，阿忍也目瞪口呆。她第一次聽說這件事。
「不過，我還在說服她。」
「爸爸……事到如今，你還找什麼秘書？」
昭一結結巴巴地說道，他看了看父親，又看了看眼前這個陌生女人。
「你在胡亂猜忌什麼，不是要當我的秘書，是你的秘書。」
「什麼？」阿忍驚叫起來。
「莫名其妙，你在胡說什麼啊。」

昭一不以為然地說完，拿下金框眼鏡，擦著鏡片。
「我是認真的，目前公司需要她這樣的人材。」
仙兵衛把手放在阿忍的肩上，昭一搖了搖頭。
「雖然我不知道你們是什麼關係，如果你想要僱用她，我可以考慮，但不要擅自為我安排。爸爸，你應該也認為公司很重要吧？」
仙兵衛的眉頭皺了一下，看著兒子的臉。
「你倒是會說大話，只可惜連員工的自殺問題都解決不了。」
「什麼意思啊，這是兩碼事。而且，你也看到了，公司的運作很正常。」
「哪裡運作正常了？」
仙兵衛把頭轉到一旁。
昭一正打算開口說什麼，一名員工告訴他，有電話找他。於是，他回到了自己的座位。
仙兵衛看著他的背影，忍不住緩緩搖頭。
離開之前，阿忍再度巡視了辦公室，看到有一位年紀不小的中年女人正在操作電腦。阿忍走到她的背後，看到她腿上的東西，忍不住「啊！」地叫了一聲。
那個女人驚訝地轉過頭，立刻把腿上的東西藏到桌下，把食指放在嘴唇上，似乎在說：
「請妳不要告訴別人。」

那天晚上八點左右，新藤來阿忍家找她。他說剛好來附近，但一看就知道他在說謊。阿忍沒有戳破他的謊言。

這麼晚了，不可能讓新藤進屋，於是，他們一起走去附近的咖啡店。

「認為是他殺的說法似乎有點問題。」

新藤喝了一口黑咖啡，垂頭喪氣地說道。

「什麼意思？」阿忍用湯匙舀了一口聖代。

「那天晚上，有一輛貨車停在西丸商店的大樓前，貨車司機說，從聽到慘叫聲到有人墜樓，他一直在大樓的玄關，看到了一切。根據他的證詞，除了仙兵衛先生和你們以外，並沒有其他人進出。」

「是喔……」

如果沒有其他人進出，代表現場只有米岡一個人。這麼一來，只能解釋為他自己墜樓的。

「但是，如果是自殺，不是有很多疑點嗎？」

「對，最大的疑點就是百葉窗，為什麼損壞的方式看起來像是身體撞到的？還有另一個問題，米岡有懼高症，有懼高症的人怎麼可能跳樓自殺？不要以為反正是一死了之，沒有什麼差別，越是這種時候，越是會有個人喜好的問題。」

「我同意你的意見，如果是我，絕對不會上吊，因為我聽說會大小便失禁，臥軌自殺也很可怕，身體會被撞得稀巴爛。」

阿忍攪著聖代的鮮奶油說道。新藤鬆開領帶，吞了一口口水。

「我沒有問妳想要的死法。」

「我只是打比方而已。嗯，我也討厭淹死，用刀子的話會很痛……真傷腦筋。」

「不必為這種問題傷神，我覺得妳會活得長長久久。」

「你這是什麼意思？」

阿忍瞪著他。

「這是我的願望──啊，對了，又出現了一個新的疑點。」

「你別故意岔開話題……新的疑點是什麼？」

「現場的椅梯旁不是有一根尼龍繩的圈圈嗎？在上面發現了米岡的指紋。」

「米岡的指紋？為什麼？」

「不知道，偵查員也都想不通。」

新藤拍了拍後脖頸，轉動著肩膀，似乎在消除疲勞，手臂關節處發出了啪嘰啪嘰的聲音。

「果然有太多不合理的地方，不像是單純的自殺。」

阿忍用湯匙攪動著已經變空的杯子，新藤也喝完已經冷掉的咖啡，壓低聲音說：

「但是，米岡有自殺的動機。」

喔？阿忍向桌前探出身體。

「真的嗎？」

「真的。目前已經查明上個星期，米岡離開公司後的去處，也因此瞭解到很多情況。」

新藤把他和漆崎的推理告訴了阿忍，這的確能夠成為自殺的理由，而且，也和她今天在西丸商店時的發現有密切的關聯。

「目前已經問了好幾名員工，也得到了證實，只是缺乏關鍵的證據。因為和米岡關係很好的老員工都不願說實話，他們吞吞吐吐的，顧左右而言他。」

「啊，對了。」

阿忍想起今天富井的態度。談到自殺動機時，他也突然表現出一副拒人千里的態度。

「果然是這樣，其中一定有隱情。」

新藤若有所思地說完，大動作地抱著手臂。

9

翌日，阿忍從大學回到家，發現鐵平和原田正在她家門口丟棒球玩。他們看到阿忍，立刻並排站好，恭敬地深深鞠躬說：「老師，您回來了。」

阿忍仔細觀察了他們的臉，稍稍壓低嗓門問：

「你們向來無事不登三寶殿，今天又有什麼目的？」

「我們怎麼可能有什麼目的，只是想協助老師解決那起命案。」

對吧？鐵平問身旁的原田。原田連連點頭，似乎在說：「對啊，對啊。」

「協助什麼啊？如果我需要你們的協助就完蛋了。不要裝蒜，趕快從實招來，我看八成不是你們想要『協助我』，而是希望『我協助你們』吧。」

兩個小鬼立刻笑了起來。

「妳猜對了，我們要在考試前臨時抱佛腳。老師，數學和英語就拜託了。」

鐵平說完，原田合著雙手拜託。

「日本的英語教育太莫名其妙了。」

鐵平拿著教科書，躺在榻榻米上。他才剛讀了不到十分鐘的書，馬上又躺下來了，和小學時沒什麼兩樣。

「為什麼要把英文翻譯成日文？只要能理解意思不就好了嗎？」

「你的牢騷真多。」

「上次英語考試時，鐵平在英翻日時，寫錯了漢字，被扣了分。」原田告訴阿忍，「應該是『這是我的書』，他寫成『這是找的書』，笑死人了。」

啊哈哈。阿忍笑了起來，「這當然要扣分啦。」

「但那個大叔老師應該可以猜到啊，腦袋太僵化了。」

鐵平氣鼓鼓地說完，又問：「對了，那起命案現在怎麼樣了？」

「沒怎麼樣，還是老樣子。」

「所以，那兩個基層刑警這次真的傷透腦筋了。」

鐵平又坐了起來，重新坐在坐墊上，但他似乎無意溫習功課。「我爸爸說，那個老頭子是出了名的小氣。」他又聊起命案的事。

「我也聽說了，他對新藤先生說，刑警不要搭電梯，應該走樓梯。」

阿忍把新藤告訴她的事說了出來，兩個小孩子驚叫起來。

「那個老頭太猛了，所以，他自己也是走樓梯嗎？」鐵平問。

「可能吧，反正他看起來體力很好。」

「對喔，所以，那時候他也是走樓梯，這樣就對了。」

鐵平若有所思地點點頭。

「那時候是什麼意思？」阿忍問。

「就是命案發生的那天晚上，老頭不是比我們先上去四樓嗎？就是那個時候。」

喔。阿忍回想起當時的事，笑著說：

「怎麼可能？應該不至於連那種時候都要省電費，會搭電梯吧？」

但鐵平嚴肅地搖搖頭。

「不，不是這樣的，他是走樓梯上樓的，但下樓的時候搭了電梯。」

「你這麼有自信，好像親眼看到的一樣。」

「即使不用看也知道。當時，警衛大叔不是攔住了我們，我們在老頭進大樓後很久才進去嗎？當我們在警衛室前和幫傭說話時，老頭搭電梯下樓了。」

「對，他說辦公室的門鎖住了。」

「那時候我就覺得很奇怪，因為照理說，他應該上去很久了，到底在上面幹什麼。」

阿忍倒抽了一口氣。沒錯，之前完全沒有想到——

「所以，我在想，那個老頭應該是走樓梯上去的。他年紀大了，走到四樓的話，當然要花不少時間。」

這時，阿忍站了起來。由於她動作太猛了，兩個小鬼嚇得身體往後仰。

「鐵平！」阿忍叫了起來。鐵平立刻抱住了頭。她低頭看著鐵平說：

「馬上聯絡新藤先生，我破案了。」

10

谷町警察署的會議室內煙霧瀰漫，似乎代表了偵查員的心情。

「為什麼會接二連三地出現這種匪夷所思的事？」

漆崎不耐煩地說完，端起了茶杯，但茶杯裡的茶早就喝完了，他又氣鼓鼓地把茶杯放回桌上。

「話是這麼說，但既然鑑識課那裡出現這樣的結果，只能尊重專業，我也不希望事情這麼複雜。」

新藤也不悅地說。

他從鑑識課那裡打聽到關於百葉窗和掛百葉窗的金屬掛鉤強度的報告，之前根據百葉窗的扭曲和掛鉤彎曲情況研判，認為米岡是撞到了百葉窗，在墜樓之前拉住了百葉窗，但是，鑑識人員調查後否定了原本的假設。因為掛鉤很牢，如果米岡拉住了百葉窗，在掛鉤彎曲之前，就會把百葉窗完全拉壞。

「凡事都可能有意外，當然可能遇到邏輯無法解釋的問題。」

漆崎皺著眉頭說道，新藤看著他的臉說：

「沒想到自稱邏輯派的漆哥居然會說這種話，太陽要從西邊出來了。」

新藤調侃道。

這時，電話鈴聲響了，正在電話旁的刑警接起了電話，露出詭異的表情後，對新藤說：

「找你的，是國中生。」

11

雖然是非假日的白天，但西丸商店四樓辦公室內卻不見員工的身影。因為董事長昭一命令所有員工離開，昭一是接到了仙兵衛的命令才這麼做，至於仙兵衛則是受阿忍之託。

昭一、仙兵衛、阿忍和鐵平他們正在空蕩蕩的辦公室內。

「雖然我不知道你們到底想幹什麼，但請你們抓緊時間，因為我很忙。」

昭一板著臉說。阿忍說，希望他們在這裡集合，要公佈命案的真相，但他似乎對真相興趣缺缺。

不一會兒，樓梯傳來了腳步聲，新藤和漆崎上了樓。兩個人都喘著粗氣。

「對不起，我們來晚了，」漆崎說：「總裁，我們可沒有搭電梯。」

仙兵衛微微撇了撇嘴角，兩眼始終緊閉著。

「那就開始吧。」

阿忍走到命案發生的窗戶前，「這次的命案有很多奇怪的疑點，無論認為是自殺還是他殺，都會出現無法解釋的疑點，所以，我認為唯一的答案……」

她環視所有的人後繼續說：「是意外。」

「什麼？」新藤驚叫起來，昭一冷笑了一聲。

「妳是不是腦筋有問題？怎麼可能是意外？」

阿忍不理會他，繼續說道：

「米岡先生站在椅梯上想要拿書架上的資料簿時，不小心失去了平衡，所以，他打算靠向窗戶的方向。沒想到窗戶敞開著，那天晚上沒有風，可能是為了保持室內通風，才會把窗戶打開，但因為拉下了百葉窗，導致他忘了窗戶開著的這件事。米岡先生倒向百葉窗後，身體撲向窗外墜樓了。」

「有道理，」新藤拍著手說道，「這樣的確可以解釋百葉窗的問題。」

「但是，除了百葉窗的問題，不是還有很多難以解釋的問題嗎？如果是意外，椅梯應該留在原本的位置。」

昭一撇著嘴角說。

「的確是這樣，」阿忍點了點頭，然後，她看著仙兵衛說：「所以，唯一的可能，就是有人搬動了椅梯，而且還順手把掉在地上的資料簿放回了書架，把門鎖上後離開了。當用備用鑰匙再度進入這裡時，又悄悄地把原本的鑰匙放在米岡先生的桌上。」

所有人都順著她的視線看向仙兵衛。一頭白髮的矮小老人仍然閉著眼睛，一動也不動。

「總裁先生想要讓米岡先生的墜樓意外看起來像自殺。」

「爸爸，這是真的嗎？你為什麼要做這種愚蠢的事……」

昭一衝到仙兵衛面前，抓住了他的肩膀。這時，仙兵衛終於張開了眼睛，直視兒子的臉。

「你應該無法理解我為什麼會這麼做，像你這種笨蛋不可能瞭解。」

「我這種笨蛋……你這是什麼意思？」

昭一露出挑釁的眼神看著仙兵衛。阿忍看著他的側臉說：

「總裁先生希望米岡先生的墜樓意外看起來像自殺，讓你思考他自殺的原因。」

「妳在說什麼？他明明不是自殺，怎麼可能有什麼原因？」

「不，的確有。」

這時，一旁的新藤插嘴說道。他走向前一步對昭一說：「米岡先生有自殺的理由，他有精神官能症。」

「精神官能症？」

「說得更明確一點，是高科技導致的壓力。你想不想知道米岡先生上個星期提早離開的原因？他是去電腦教室學電腦，在他家裡的桌子下也找到了教科書。」

「電腦……？」

「董事長，聽說你為了追求合理，要求每個員工都使用電子產品和高科技機器，但高科技這種東西，必須根據每個人的個性逐步引進。聽電腦教室的人說，米岡先生為這件事深感煩惱，一直在說，要趕快學會電腦才行。但以他的年紀，不可能很快就學會，他去上了四天課就放棄了。」

「這也是無可奈何的事，」

昭一推了推金框眼鏡，他的鏡片亮了一下。「為了公司的發展，需要推動一些政策，如果他不喜歡，可以另謀高就。」

「你抱著這種態度，萬一整家公司的人全都辭職的話怎麼辦？」

阿忍終於忍不住問道。

「所有人都辭職？怎麼可能嘛，大部分員工都適應了我制定的方針。」

昭一用公事化的口吻說道。

「適應？」阿忍拉高了嗓門，「莫名其妙，這只是你的自我滿足。你也許沒有發現，但我親眼看到有人把算盤藏在桌子下，假裝是在用電腦計算，以免被你罵。」

阿忍說的是她昨天看到的那一幕。那名中年女子被阿忍發現她藏著算盤時，幾乎快哭出來了。

「不光是辦公室的員工，工廠的工人也好像被機器追著跑，一點都不輕鬆。你連這種情況都不瞭解，說什麼合理化，繼續這樣下去，真的會有人因為承受不了壓力而自殺。」

但昭一把頭轉到一旁，根本不願意回答，似乎在說，妳一個外人懂什麼。

「算了，再說也是白費口舌。」

仙兵衛開了口，「我想盡辦法希望他清醒，希望他改正對做生意的錯誤認知，不符合公司實際情況的合理化和機械化，只會導致員工的不幸。工廠廠長老濱請了病假，也是因為壓力而生病了。我還以為如果看到米岡自殺，再愚蠢的男人也會反省自己作的決策。因為我也發現米岡一直在煩惱，沒想到這個糊塗蛋仍然執迷不悟，也不願意瞭解米岡的煩惱。所有的老員工都知道米岡在為什麼事煩惱，但我要求他們不要說，因為我希望昭一自己清醒過來。」

阿忍終於知道富井他們之所以吞吞吐吐的原因了。新藤他們也點著頭。

昭一拿下眼鏡，用指尖揉了揉眼角，又重新戴上了眼鏡。

「好吧，我知道你們會有意見，也知道米岡跟不上我的合理化方針，為此感到煩惱。但是，他畢竟不是自殺，所以，他的煩惱並沒有像你擔心的那麼嚴重。」

「只要瞭解他的人都知道，他煩惱得想要死。」

「那只是想像而已，我並不這麼認為。」

他看著新藤和漆崎，「接下來就是警方的工作了。不過，既然是意外，也沒什麼好調查的，那我先走一步。」

昭一穿上大衣，走向電梯。阿忍對著他的背影想要說什麼，仙兵衛制止了她。

「別管他了，我放棄了，全都怪我的教育方式出了問題。」

「但是……」

「你們已經費盡了口舌，他還是執迷不悟，雖說是我的兒子，但我真的無言以對。」

仙兵衛再度看著阿忍的臉，露出寂寞的微笑，「話說回來，我果然沒看錯妳，妳很瞭解人心，我之所以希望妳來我們公司，就是期待妳能讓我那個笨蛋兒子回心轉意。」

「難怪……」

阿忍覺得眼前這個矮小的老人似乎變得更瘦小了。

仙兵衛又轉頭看向漆崎他們的方向，深深地鞠了一躬。

「事情就是這樣，全都是我設下的圈套，我向你們道歉。」

「真的讓我們傷透了腦筋。」漆崎苦笑著，「如果你成功地偽裝成自殺現場也就罷了，只不過還有很多疏忽的細節。」

「被你這麼一說，我真的太丟臉了。」

仙兵衛摸了摸一頭白髮。「因為太倉卒了，無法顧及百葉窗的問題，更傷腦筋的是他的死法。米岡的懼高症無人不知，他或許會用上吊的方式自殺，但絕不可能跳樓。但那時候根本無法改變他的死法。」

「這倒是，原來是這樣。」

漆崎出聲笑了起來，新藤也跟著露齒而笑，但兩名刑警隨即收起了笑容，相互看了一眼。

「他可能會上吊……嗎？」漆崎自言自語著。

「啊！我知道了！」新藤大聲叫了起來。

「趕快再去把董事長叫回來。」漆崎說，新藤衝向樓梯。

漆崎從百葉窗的掛鉤問題開始說起。因為百葉窗沒有壞，掛鉤卻彎了的情況很不合理。

「這個問題很簡單，掛鉤會彎曲，並不是因為米岡先生拉百葉窗，而是掛鉤透過其他東西承受了他的體重。」

「其他的東西？」

阿忍問，昭一在旁邊皺著眉頭。

「就是繩子，現場發現了一根不到一公尺的尼龍繩圈。」

「上面有米岡先生的指紋。」新藤補充說道。

「尼龍繩……是用來幹什麼的？」

仙兵衛嘀咕道，漆崎看著他回答：

「如果他站在椅梯上，想把尼龍繩掛在高處的掛鉤上，只有一個可能，米岡先生試圖上吊自殺。」

「什麼？」阿忍叫了起來，昭一無力地把手撐在桌上。

「但是，掛鉤並沒有那麼牢固，當他試著把身體懸上去時，掛鉤彎掉了。這時，米岡先生沒有站穩，整個人掉出窗外。雖然同樣是自殺，但變成了跳樓自殺。」

「怎麼……可能？」

昭一呻吟道。

「原來是這麼一回事……」

仙兵衛喃喃說道，「所以，我的想像完全正確，米岡果然煩惱得想要尋短。昭一，你搞清楚狀況了沒有？」

他看著兒子的臉：

「你想像一下，當你早上來公司時，看到米岡的屍體懸在這裡，就在你座位的正後方，也許他在這裡上吊自殺就是為了這個目的。」

阿忍發現昭一看向窗戶的方向，用力吞了一口口水。

12

球棒揮動，球卻飛進了捕手的手中。西丸商店的加油席上傳來了重重的嘆息聲。明明是逆轉的大好局面，但兩名打者連續被三振。

這時，西丸仙兵衛從休息區的長椅上站了起來，要求換代打上場。把球棒空揮兩次後上場的正是西丸隊唯一的女選手竹內忍。

「喔，老師上場了，老師加油。」

鐵平坐在新藤身旁為阿忍加油，阿忍輕輕揮了揮手，站上打擊區，又空揮了兩、三次球棒。

「今天是來當救援嗎？」新藤問。

「對啊，但那個老頭好像打算以後每場都找老師來救援。」

「然後就順理成章地加入他的球隊嗎？」

「八成是這樣，啊——好可惜是界外球。」

「一定是先找她加入壘球隊，然後再要求她進公司。」

「可能吧，那個老頭好像很中意老師。」

「呿。」

新藤咂著舌頭。

經過了之前那件事，西丸昭一也終於清醒了。目前，公司正漸漸恢復以往的和諧氣氛，仙兵衛把幾台報廢的電腦賣給了他熟識的二手店。

聽說仙兵衛很努力地希望阿忍進入他的公司，期待公司真正重新站起來。

對新藤來說，又出現了一個難纏的競爭對手。

「那個老頭真糾纏不清，都一大把年紀了，乖乖享受退休生活就好嘛。」

他的話音剛落，阿忍的球棒就發威了。白球在一片歡呼聲中穿越左外野和中外野之間。

新藤和鐵平同時站了起來。

「快跑，老師快跑。」

阿忍跑過壘包，好像在回應鐵平的叫聲。

新藤也忍不住大聲叫喊起來。

忍老師是飆車族

1

車子慢吞吞地行駛了幾公尺後準備左轉。她想打方向燈，但燈沒亮，雨刷卻掃過眼前。

「怎麼了？有下雨嗎？」

坐在副駕駛座上的教練故意看著天空挖苦道。

「真不好意思，我搞錯了。」

阿忍不悅地大聲回答後，重新打了方向燈，轉動方向盤。無力地癱坐在座椅上的禿頭教練重心不穩，抓住了椅背。

「喂，妳是怎麼開車的？轉動方向盤時不能再穩一點嗎？」

「好、好。」

「妳真的聽懂了嗎？還有，妳剛才忘記確認後方的路況。」

「我確認了。」

「妳沒有，確認的時候要轉頭。」

阿忍沒有回答，直接進入了直線道，這裡是駕訓班內唯一可以加快速度的路段。她一口氣加速，切入最高檔位。車速錶的指針立刻上升，她喜歡這種快感。

她打算在正面的牆壁出現在眼前時踩煞車，但她還沒有踩煞車，車速已經慢了下來。阿忍咬著嘴唇。

教練車的副駕駛座上也有煞車，禿頭教練比她先踩了煞車。

「妳在幹什麼？為什麼不踩煞車？」教練說。

「我正打算踩煞車，腳都已經放到煞車板上了。」

「太晚了，太晚了，這樣會撞到牆壁。」

「不可能太晚，現在離牆壁還有這麼長一段距離。」

「妳對情況估計不足，車子的速度比妳想像的更快。如果不趕快換檔會熄火。」

放慢速度後，踩離合器，再換檔，然後慢慢鬆開離合器。她在嘴裡複誦著，身體的動作卻跟不上。她正在這麼想，教練又踩了煞車。

「妳在看哪裡啊？前面有對向來車，不要只注意腳下。妳真的很笨耶。」

「夠了，你給我閉嘴！」

阿忍把車子停在路中央，轉身看向教練的方向。「你整天罵東罵西，到底想怎麼樣？我是來學開車的，開不好是正常的，你的工作就是要教我開車，態度不能好一點嗎？你又不是免費教我，我付了昂貴的學費來這裡學開車，是客人，你卻把我當成垃圾，還罵我笨，我可不能忍氣吞聲。」

阿忍氣勢洶洶地罵道，禿頭教練也慌了手腳。他從來沒有被學生這麼痛罵過。

「不，呃，不是這樣啦。」

「什麼不是這樣，你剛才不是罵得很凶嗎？我告訴你，駕訓班多得很呢。」

「我只是希望妳趕快學會開車……」

「你在旁邊罵不停，我怎麼可能學得會？我付了錢，還要被人罵，簡直太沒道理了。這輛車是十四號車吧？我會告訴這裡所有的學員拒坐這輛車，到時候，你就會被開除。」

「我知道、我知道。是我說話有點不當。」

「不是有點不當，而是嚴重不當。」

「好……是我說話嚴重不當，那妳現在可不可以發動車子？停在這裡的話，別人會覺得很奇怪。」

「你真的知道了嗎？」

阿忍瞪了他一眼，想要發動車子。但因為太激動了，離合器操作得更不順利，結果車子反而熄了火。

「豬……啊，我覺得再稍微用力踩油門比較好。」

「啊？喔，我知道。先踩油門，再鬆開離合器。喔，車子動了。對嘛，你這樣好好說，我就會開得比較順。」

教練重重地嘆了一口氣。

「妳是做哪一行的？」

「我的工作嗎？現在讀大學進修，但我原本是老師。」

「老師？」

「對，我是小學老師，教小孩子很辛苦。像你這樣高高在上，只會罵人，根本不可能教好學生。」

「喔……原來妳是小學老師，難怪……」

教練嘀咕道。

竹內忍看到新聞報導說，最近老人和孩童因為車禍喪生的案例大增，所以下定決心去學開車。阿忍讀大學之前，在大路小學上班時，也有學生在學區內發生車禍，所以，她覺得不能讓這種情況繼續發生。

為了讓孩子遠離交通意外，不能再按照傳統的方式指導學生。首先要瞭解開車，置身於交通戰爭中，才能瞭解為什麼會發生車禍——她在電視前握著拳頭，在內心發表了演說。

她最大的優點就是一旦心動，就會馬上行動。第二天，她就去位在住家附近，騎腳踏車就可以到的「大阪格林汽車駕訓班」報了名。

駕訓班的課程分為學科和術科訓練兩大部分。術科訓練又分成四個階段，阿忍目前進階到第三階段。

這天晚上七點，阿忍上完術科的訓練課後，在下一堂學科課開始上課前，她在大廳複習交通法則。她每次都在大學下課後才來這裡學車，所以，只能上晚上的課。

「老師，妳等一下要上課嗎？」

她坐在長椅上看著教科書，頭頂上方傳來一個聲音。抬頭一看，原田日出子正對她露出微笑。

「晚安。」阿忍也笑著向她打招呼。

「老師，妳今天的術科訓練已經結束了嗎？」

日出子把差不多有阿忍兩倍大的屁股擠到她旁邊坐了下來。已經十一月了，日出子仍然穿著短袖高爾夫球衫，變鬆的袖口下，露出粗壯的手臂。

「對啊，剛上完。原田太太，妳呢？」

「我也剛上完，正準備回家。如果不早點回家，郁夫又要抱怨了。他上了中學後，食量越來越大，買米就是一大筆開銷。」

原田郁夫是阿忍以前教過的學生，現在已經上中學了，但仍然經常和損友田中鐵平一起來阿忍家找她玩。

「原田之前說中學的功課變難了，最近有沒有適應一點？」

阿忍問道，日出子的表情好像咬了一顆酸梅。

「才沒有呢，他從來不讀書。老師，妳找機會好好罵罵他，像他這樣，到時候根本考不進高中。雖然這麼說不太好，我覺得最大的原因，就是他經常和那個田中混在一起。田中這個小孩雖然很有意思，但論讀書就很糟糕。啊，忍老師，我剛才說的話不能告訴田中太太。」

「我知道，我知道。」

阿忍點著頭，差一點笑出來。因為不久之前，田中鐵平的母親才在她面前說了幾乎相同的話。

「先不管郁夫了，老師，妳現在進入第幾階段了。」

日出子探頭看著阿忍放在腿上的課程表。教練在上面蓋了印章，可以清楚知道目前進入哪一個階段。

「好不容易才進入第三階段……原田太太，妳呢？」

「妳比我晚開始學，就已經進到第三階段了嗎？年紀輕的人果然學得快，我也是第三階段，我考臨時駕照沒有通過，又要補課了，妳不要看我的課程表，太丟臉了。」

日出子把課程表藏了起來，但阿忍眼尖地看到了教練蓋印章的那一欄，上面至少有三十個紅色的印章。第三階段完成後，才能考臨時駕照，日出子的課程表顯示她至少上了三十堂課，才完成第三階段。學得快的人只要十幾堂課，就可以完成第三階段，可見日出子的開車技術真的很差。不過，阿忍也補了好幾堂課。

「開車真的太難了，為什麼會這麼難？」

「可能因為還不習慣，這也是無可奈何的事。」

「即使習慣了，還是開不好，每次看到蓋的這些章，就覺得很生氣，多上幾堂課，就要多花錢。」

「只能抛開錢的事……」

「但家庭主婦不可能不考慮，而且，家人也會很在意這件事。郁夫還說，我學開車繳的這些學費，拿來搭計程車還綽綽有餘，真是氣死人了。」

阿忍帶著複雜的心情笑了笑，覺得搞不好郁夫說對了。

「我真是搞不懂那個離合器，也討厭換檔。」

日出子晃著肥胖的左腿，「都是因為多了一個離合器，讓人手忙腳亂，又要動腳，又要動手，哪有這麼靈活？而且，轉彎的時候還要先打方向燈和確認安全，要同時動手、動腳、動眼睛和脖子，怎麼可能做得到嘛，我們又不是食倒太郎❶。」

「我也不太會操作離合器。」

「對吧？對吧？」日出子瞇起眼睛，好像終於找到了志同道合的朋友。「就是因為有這種麻煩的東西，所以才會常常搞錯，踩到油門上。」

「那真是太危險了。」

阿忍瞪大眼睛。

「是啊，所以，應該把離合器拆了，所有的車子都統統換成自排車才對。」

「好像也可以考只開自排車的駕照。」

「我知道。不過，既然付了錢，就想要考完整的駕照，否則好像吃虧了。雖然我很努力地學，但還是學不會。我問妳，為什麼要有離合器？」

剛才大聲說話的日出子突然很小聲地問，可能不想讓別人聽到她問這個問題。
「因為換檔的時候需要離合器。」
「但不是可以用手換檔嗎？換一檔、二檔的時候，不是都用手切換嗎？為什麼一定要踩離合器？」
「這……」
阿忍也不知道該怎麼回答。老實說，她還沒有充分理解汽車的構造，因為教練叫她換檔時要踩離合器，所以她就乖乖照做。
兩個人沉默片刻後，日出子好像突然想通了。
「如果是沒必要的東西，應該就不會出現在車子上。既然車上有這個東西，想必有它的原因吧。」
「我想應該是這樣。」
阿忍雖然覺得這樣的談話毫無建設性，但還是附和道。
「對了，我剛才在那裡聽到一件事。」
日出子的聲音壓得更低了，指了指教練車的停車場，「聽說這裡有學生很惡劣。」

❶食倒太郎人偶為大阪道頓堀商店街有名的電動人偶，可以同時做敲鼓、搖頭和張嘴等不同的動作，「食倒」的意思是吃窮的意思，意指大阪美食眾多。

「喔，怎麼惡劣？」

「好像有人說教練的態度不好，對教練破口大罵，還威脅說，要大家拒坐那輛教練車。」

「……」

「而且聽說是個女的。我實在太佩服了，這個世界上真的有人很凶悍。」

「是啊」

阿忍低下頭，不敢告訴原田太太，那個人就是她。

2

十一月七日星期三，發生了搶案。遭到搶劫的是生野區有名的豪宅松原家。松原家的一家之主松原宗一是附近一帶的大地主，最近也開始投資公寓。

搶匪在清晨四點多上門。兩個蒙面男子突然出現在松原家二樓，松原夫妻的臥室。松原夫婦有兩個兒子，老二已經結婚搬離了老家，未婚的長子因公出差前往美國。也就是說，晚上的時候，家裡只有松原夫婦和住在他們家的幫傭而已。

兩名搶匪拿著手槍和刀子，威脅松原夫婦，之後，把幫傭也叫了起來。

宗一說，要錢的話好商量。於是，在搶匪的指示下，打開了保險箱，保險箱內有兩千萬現金和相當於五千萬的珠寶。搶匪還在家中翻箱倒櫃，找到了松原先生收藏的畫作、版畫和花瓶等藝術品，總價超過數千萬，再加上現金和珠寶類，損失至少有一億兩、三千萬。

搶匪把松原夫婦和幫傭用繩子綁起後，大約六點多時，帶著搶奪的財物逃走了。

直到那天中午，剛好有朋友上門找松原夫婦，他們才終於得救。他們立刻報了警，但因為距離搶匪逃走已經好幾個小時，幾乎沒有發現任何線索。

……阿忍並不是透過報紙或新聞報導得知以上的情況，而是原田郁夫告訴她的。原田就住在松原家附近，只相差數十公尺。

「一億兩、三千萬喔，真是太誇張了。像我們這種小老百姓，一輩子都賺不到那麼多錢。沒想到那些有錢人家裡隨隨便便就放了那麼多錢。」

比起搶劫案，郁夫似乎對被搶的金額更感興趣。

「那當然啊，那一帶的土地不都是松原家的嗎？我爸說，如果把那片土地賣了，恐怕值好幾十億。我爸爸每天都在發牢騷，說松原家趁戰後混亂的時候，用很骯髒的手段，以很低的價格買了那片土地，全都怪政治人物無能，才會發生這種事。」

田中鐵平一邊吃著蛋糕一邊說道。他們在放學後，來到阿忍的公寓，告訴她這起搶劫案。他們很清楚，阿忍一聽到這種事，就無法克制想要湊熱鬧的心情，為了聽後續的消息，她會請他們喝紅茶、吃蛋糕。

「搶匪也真會挑人家。」

阿忍自言自語般說道。

「對啊，」郁夫回答，「既然要用性命賭一次，當然要搶有錢人家。如果跑來我家，根本沒東西可以搶。」

「我家也一樣，搞不好搶匪還比我家有錢。」

「沒有人受傷嗎？」

「好像沒有，真是不幸中的大幸。」

「喔，話說回來，」阿忍把手放在下巴上，一副名偵探的口吻說道，「以時間來看，搶匪是在黎明之後出現的。照理說，應該會有一、兩個目擊證人，如果在這一帶，這個時間已經有不少人帶著狗出門散步了。」

「老師，妳不能把這裡和我們住的地方相比啊。」

鐵平笑著說，「而且，我們那裡也沒有人養狗，因為買飼料很花錢。」

「對啊，像我媽經常趁我們不注意，就把買菜錢省下來。」

「看你媽媽的身材，不像是會在買菜錢上節省的人。」

「她是重量不重質，只要是家人吃剩下的，她會一下子就吃光光，簡直就像是水肥車。」

「你真低級，幹嘛在吃蛋糕的時候提什麼水肥車。」

「至少我沒在吃咖哩的時候這麼說。」

阿忍聽著他們的無聊對話，突然站了起來。

「你們提到原田媽媽，我想起來了，我差不多該出門了。」

「去駕訓班嗎？」鐵平問。

「對，今天終於要上路了，我要好好努力。」

阿忍昨天考臨時駕照，一次就過關了。

「唉，想到那件事，我就開始頭痛。」

郁夫皺起眉頭，抱著頭。「像我媽那種反應遲鈍的胖子，怎麼可能會開車嘛？但她堅持要學，還經常補課，等於把錢丟進了水溝。」

「但是你媽媽很努力，昨天考臨時駕照也考過了。」

「那已經是第三次了。」

「不管怎麼樣，反正考過了，就很厲害啊。」

日出子在合格者名單中看到自己的名字時，興奮的樣子連站在旁邊的阿忍都覺得丟臉。因為她居然哇哇大哭起來。

「她花了比別人多一倍的錢，終於考上了。如果把錢給我，我可以去買新的ＣＤ和遊戲軟體。而且，恕我直言，即使我媽考到駕照也沒有屁用，因為我和我爸都已經聲明，絕對不會坐我媽開的車。」

「你這麼說，你媽媽未免太可憐了。」

「我才可憐呢。」

郁夫露出無奈的表情。

「老師，妳考到駕照後會買車子嗎？」

鐵平戰戰兢兢地問。阿忍用力點頭。

「當然啊，我要買一輛紅色的車子，日產的 Fairlady 和 Skyline 好像都不錯。我要開車到處走，讓所有駕駛人見識一下什麼叫開車。」

「是喔。」

「到時候，你們也可以坐我的車。」

「我們該回家了。」

鐵平向郁夫使了一個眼色。阿忍氣鼓鼓地瞪著他。

3

考完臨時駕照後，阿忍就一直沒見到日出子，在開始學道路駕駛後的第三天，在大廳見到了她。

「實際在路上行駛的感覺怎麼樣？」

阿忍問她，代替了招呼，日出子在臉前拚命搖手。

「以前不必在意周圍的情況，實際上路後，很在意周圍的其他車子，緊張死了。」

「我也一樣。尤其路上有很多車子時，不知道該怎麼辦。」

「沒錯沒錯，我也一樣。」

日出子深有同感地點著頭，「妳會不會想去車子少一點的地方好好練習？大阪的車子太多了，對學開車的人很不利。」

阿忍覺得她說得很有道理。大阪的交通狀況很差，很多人開車不遵守交通規則，所以，只要能在大阪考到駕照，去任何地方開車都沒有問題。

「而且，教練在旁邊一直罵人，反而讓人更加緊張。」

聽到阿忍這麼說，日出子露出比剛才更開朗的表情。

「我倒是沒有這個困擾。」

「為什麼？」

日出子向阿忍的方向挪了挪屁股，用手掩著嘴說：

「因為我遇到一位很親切的教練，車號是三十二號，即使我犯了錯，他也不會罵人，會很親切地教我。而且——」

日出子說話的聲音比剛才更小聲了，「他長得很帥。」

這裡有這樣的教練嗎？阿忍有點後悔。她上了兩次道路駕駛的課，但兩次都遇到不苟言笑的中年男人。

「但即使有喜歡的教練，也未必每次都能輪到坐他的車子。」

「我剛好三次都坐到他的車子。」

「真巧啊。」

「我動了一下腦筋。」

日出子露出調皮的眼神看向預約櫃檯。預約櫃檯負責安排學生的上課時間，以及上術科時的教練車分配。

「我向分配車子的人打過招呼了，以後也要為我優先預約三十二號車，櫃檯的人也說，既然我開了口，當然會盡量為我安排。」

日出子額外補了那麼多堂課，應該和櫃檯的人混得很熟了吧。對駕訓班來說，她是一個好客人。

「這樣就可以帶著愉快的心情上課了，接下來我要好好加油，希望一次就能考到駕照。」

日出子用粗壯的手臂做了一個勝利的姿勢。

第二天晚上，日出子打電話到阿忍家裡。

「我告訴妳一件有趣的事。」

日出子似乎用手捂著電話說話，可見她不希望家人聽到這些話。

「老師，妳想不想參加特別訓練？」

「特別訓練？是什麼運動嗎？」

阿忍問，日出子呵呵呵地笑了起來。

「我才不會去練什麼壘球之類的運動，我說的特別訓練，當然是指開車啊。明天一大早，在其他車子還沒有上路之前去練習。書上說，只要掛上『臨時駕照練習中』的牌子，就可以在路上練習。」

「這我知道，但我們不能自己隨便開車上路啊。」

只有臨時駕照時，必須要有駕照的人陪同才能上路。

「這件事不用擔心，我有很強的支援人手，有專業的人陪同。」

「妳說專業的，該不會是……」

「就是三十二號教練，他姓若本，是他主動問我要不要進行特別訓練。」

「是喔。」

阿忍腦袋裡閃過一個念頭，那個叫若本的男人該不會對日出子有意思？

「他說，他會準備好車子，這不是千載難逢的好機會嗎？既然機會難得，我想找妳一起去。」

「是嗎？太感謝妳了，但老師的問題該怎麼處理呢？」

既然請了專業教練出馬，當然不可能免費教學。日出子似乎察覺了她的心思，告訴她：

「他說，只是在上班之前教我一下，不會收我的錢。」

「那我要去。」

阿忍不假思索地回答。

翌日早晨，阿忍五點半就起床，騎上腳踏車出發。她們約在離日出子家大約一公里左右的公園見面，因為日出子瞞著家人，所以不能去她家門口集合。

阿忍來到公園時，發現日出子已經到了，旁邊停了一輛白色的 Mark II，站在車旁的應該就是那個叫若本的男人。看起來三十多歲，的確英挺帥氣。

「那就麻煩你了。」

相互介紹後，阿忍欠身說道。「彼此彼此。」若本回答。然而，他的表情好像若有所思。

他們練了一個小時左右，阿忍只有在最後的十五分鐘才握到方向盤，大部分都是日出子在練習。阿忍雖然很不滿，但坐在後車座觀察日出子駕駛，就覺得情有可原。日出子的開車技術實在太爛了。就像她之前自己說的，她完全無法同時做兩件事。當換檔不順利時，就立刻低頭看手，完全不看前方，也完全顧不了方向盤，若本每次都做好了隨時拉手煞車的準備。

話說回來，這次的特別訓練讓阿忍受益匪淺。因為是大清早，又選了車流量少的路段，沿途幾乎沒有遇到其他車子，可以盡情地做以前無法做的事，阿忍也因此對自己的開車技術產生了自信。

和若本道別後，阿忍再度為日出子邀自己參加特別訓練道謝。日出子因為練了很久，心滿意足，脹紅了臉搖頭說：

「練車這種事，要有志同道合的朋友一起練才開心。」

「對啊，真的好開心。」

「不過，我今天終於放心了一些。」

「放心？」

日出子又露出她慣有的調皮眼神看著阿忍，意味深長地笑了笑。

「之前，我一直很煩惱，為什麼只有我學不好開車，但今天看到妳開車後，我鬆了一口氣，原來妳也學得很辛苦。」

「……」

阿忍說不出話，日出子靜靜地拉著她的手。

「老師，雖然我們的開車技術都很差，但只要持續特別訓練，就可以讓那些開車高手刮目相看。」

阿忍很想甩開她的手，但日出子的握力異常驚人。

4

第二天，阿忍又去參加了特別訓練，日出子還是佔據了大部分時間，阿忍有點不高興。雖然她知道日出子的開車技術比她更差，所以盡量不計較，但既然日出子認為兩個人的開車技術不相上下，阿忍也忍不住著急起來，暗自下定決心，明天一定要搶先坐在駕駛座上。

阿忍向日出子他們道別後回到公寓，遇到了另一件讓人心煩的事。她的房間在一樓，門口向著馬路，竟然有意想不到的東西出現在她家門口。

狗屎。

阿忍呆然地站在狗屎前。

——為什麼狗屎會出現在這裡……？

憤怒漸漸湧上心頭。原因很清楚，就是有狗在這裡大便。這幾天，她並沒有看到野狗在附近出沒，而且，她出門練車時剛好是帶狗散步的理想時間。一定是飼主讓狗在這裡大便，沒有清理就離開了。

——是誰幹的？

阿忍四處張望，當然沒有看到任何人帶狗散步，即使看到了，也無法判斷是否就是那坨狗屎的始作俑者。

翌日，阿忍走出家門時，仔細檢查了家門口，沒有發現任何異狀。前一天回家後，她忍著熏天的臭氣清理了那坨狗屎，結果，一整天都好像聞到了狗屎味，心情也惡劣了一整天。

她騎上腳踏車，頻頻回頭張望，沿途看到兩個人帶著狗散步，但那兩個人手上都拿著塑膠袋，但阿忍還是忍不住用懷疑的眼光看著他們。那兩個人都一臉納悶地快步離開了。

——哼，今天應該不會再有狗屎了吧？

她嘀咕了一句，好像在告訴自己，然後用力騎著腳踏車。

但是，她的期待徹底落了空。當她練習結束回到家時，發現又有一坨和昨天差不多大小的狗屎，而且在和昨天差不多的位置。

這天晚上，阿忍打電話給日出子，通知她明天不去參加特別訓練了。日出子問她原因，她只回答說：「因為有點無聊的事。」

——真的是很無聊的事。

掛上電話後，阿忍獨自嘀咕道。

雖然她不去參加特別訓練，但照樣早起。當然是為了觀察門口的情況。到底是誰做這麼缺德的事？她想當場活逮，好好教訓對方一頓。

阿忍搬了一張椅子到門的內側，從小窗戶監視門外的情況，發現不斷有牽著狗的人出現，她每次都張大眼睛細看，但每隻狗都只是經過而已，只有一隻狗在對面的電線杆上撒了尿，並不是連續兩天在門口大便的元凶，即使弄髒了電線杆，阿忍也覺得不痛不癢。

她等了一個半小時，最後還是無法當場活逮。今天似乎不會出現了。

——明天繼續努力。

她正打算放棄，準備做早餐時，電話響了。才七點半而已。誰這麼早就打電話來？她嘟囔著，接起了電話。

「喂？我是竹內。」

「喂？老師嗎？是我，原田，出事了。」

「你幹嘛這麼緊張，發生了什麼事？」

「出車禍了，我媽出車禍了。」

5

阿忍接到原田郁夫的電話後，立刻趕去醫院。郁夫和他的父親一臉擔心地坐在候診室內。聽郁夫說，日出子照完X光，做完檢查，離開診察室時對他們說，詳細情況問竹內老師就知道了，於是，郁夫才會打電話給阿忍。目前，日出子正在接受警方的調查。

「所以，你媽的傷勢並沒有很嚴重，對嗎？」

阿忍鬆了一口氣確認道。

「我媽沒有受傷，但坐在她旁邊的男人好像很危險。」

「老師，這到底是怎麼一回事？」

郁夫的父親愁眉苦臉地問。於是，阿忍告訴他，他們從三天前開始進行特別訓練，郁夫的父親聽完後，不以為然地說：「莫名其妙。」

「開車這種事，並不是靠特別訓練就能夠學會的，而是要靠經驗逐漸適應。」

「對不起。」

阿忍覺得自己也有責任，低頭向郁夫的父親道歉。

「不，老師，妳不必道歉，都是我老婆的錯。」

郁夫的父親難過地搖著頭。
不一會兒，日出子跟著警官走了出來。她看起來很沮喪。
「日出子，妳怎麼做這種無聊的事……」
郁夫的父親情緒激動，連話都說不出了，握緊的拳頭拚命顫抖著。
「老公，對不起，沒想到會闖這麼大的禍。」
日出子捂著臉，像少女般哭了起來。

「車禍的原因是沒有停車確認。」
「是啊。」
新藤抱著手臂沉吟。他們正在阿忍住家附近的咖啡店內，田中鐵平一臉乖巧地坐在新藤旁邊，原田郁夫垂頭喪氣地坐在阿忍身旁。
「這件事不好處理，恐怕必須由原田太太負起責任。」
「能不能請你想辦法通融一下？」
鐵平問，新藤搖了搖頭。
「如果我可以做主，當然可以想辦法，但問題責任歸屬是由法院判定的。」
這次輪到阿忍發出呻吟。
車禍的狀況看似單純，但從另一個角度看，又似乎很複雜。肇事原因是日出子沒有在必須停車讓行的路口停車，她並不是沒有看到交通標誌，而是搞錯了煞車和油門。

日出子駕駛的車子沒有停車，直接緩緩穿越馬路。這時，右側有一輛小客車以驚人的速度駛來。對方的車子煞車不及，用力撞擊了日出子那輛車的右後方。日出子駕駛的車子在衝擊之下，被撞向了左側，撞到了那裡的電線杆。副駕駛座那一側則被撞爛了，若本身受重傷。

麻煩的是對方那輛車在肇事後逃逸無蹤，因此，目前仍然無法掌握正確的情況，也無法完全釐清責任歸屬。

郁夫拜託阿忍救救他的母親，但阿忍也不知該怎麼辦，無奈之下，只能找她認識的新藤商量。新藤是大阪府警總部搜查一課的刑警，和交通課在工作上完全沒有任何交集。

然而，就連新藤也認為照這樣下去，情況對日出子很不利。

「她的運氣太差了。」

阿忍嘆著氣說道，「照理說，那裡根本不可能發生車禍。那一帶都是印刷工廠的倉庫，早上的時候幾乎沒有車子。」

「那輛逃逸的車子沒有任何責任嗎？」

鐵平不滿地問。

「當然有。那輛車的駕駛沒有注意前方來車，所以，雙方都要負責，但法官可能會認為原田太太的過失比較嚴重。」

聽到新藤這麼說，郁夫無力地垂下肩膀。

「早知道就不該讓我媽開車。」
「我可不這麼認為。」
「話說回來，老師沒有被捲入這起車禍真是不幸中的大幸，妳只有那天沒去參加特別訓練吧？」
「其實，我沒去是有原因的。」阿忍回答了新藤後，把狗屎的事說了出來。如果是平時，三個人一定會捧腹大笑，但因為目前事態嚴重，所以他們仍然保持嚴肅的表情。
「是嗎？所以妳是因為狗屎因禍得福。」
鐵平深有感慨地說。新藤和郁夫也都點著頭。
「那天之後，就沒有再出現狗屎，我真的是走了狗屎運。」
阿忍這麼說，反而更強調了日出子的倒楣，氣氛更加凝重了。
持續了一陣沉默後，新藤抬起了頭。
「這件事似乎有點蹊蹺。」
「什麼事？」
「狗屎的事，真的是巧合嗎？」
阿忍看著新藤的臉問：「新藤先生，你想說什麼？」
「我覺得未免太巧了。原田日出子太太和妳去學開車，但第二天、第三天時，妳家門口就出現了狗屎，於是，妳就沒有參加特別訓練，在家監視，結果就發生了車禍，好像就在等這一天。也許不是『好像在等這一天』，而是真的在等這一天。也就是說，是有人想要阻止妳一起搭車，特地把狗屎放在妳家門口。」

「怎麼可能？這麼一來，那場車禍就變成是有人預謀的。」

「的確可以從這個角度思考，這麼一來，就可以解釋為什麼很少有車輛經過的路段，偏偏在那天早上，出現了一輛超速的車子。根據我的推測，很可能是故意撞車。」

「這不就變成了謀殺……」

「是啊。」

新藤很乾脆地點著頭。

「你居然說是啊……」

「要不要針對這一點調查一下？雖然只是我臨時想到的，但我越想越覺得不對勁。」

「等一下，我們先來整理一下。凶手想要殺誰？原田太太？還是若本先生。」

「目前還不知道，也許是他們兩個人。但是，凶手顯然不希望把妳捲進去，所以才會想出放狗屎這個方法。」

「是喔，」鐵平嘀咕後問：「果真是這樣的話，原田阿姨就無罪了嗎？」

「雖然不知道會不會無罪，但罪責絕對可以大幅減輕。」

「太好了。」

鐵平拍著手，然後抓住新藤的手臂，「大叔，那就拜託你了，無論如何都要往這個方向調查，抓住肇事的凶手。」

「你這麼拜託我也沒用，目前只是我隨便亂想，總之，要先找出那輛逃逸的車輛。」

「不能從狗屎開始調查嗎？」

郁夫小聲地說。

「這也可以成為調查的方向之一，但要怎麼調查？」

新藤反問道，郁夫低下了頭。阿忍第一次看到他露出這樣的表情，很希望能夠助他一臂之力。

「我會去駕訓班打聽一下若本先生，因為我覺得不會有人想要殺原田太太。」

阿忍說，新藤對她點頭。

「雖然不知道能夠調查到什麼程度，但我也會盡量蒐集消息，也會請教漆哥的意見。」

如果他的前輩漆崎願意幫忙，事情就更容易解決了。

「有沒有我們可以幫忙的？如果什麼都不做，好像有點空虛。」

鐵平問。

新藤抬頭看著天花板，「既然你這麼說，那就請你們去找一下。」

「找什麼？」

「那還用問嗎？」新藤露出奸笑說：「當然是狗屎啊。」

6

數十公尺前方的號誌燈是綠燈，但差不多快轉黃燈了。這種時候往往很難決定。雖然原則上一看到黃燈時要停車，但有時候突然停車反而危險。

正當阿忍這麼想的時候，前方的號誌燈變成了黃色。她緩緩踩了煞車，剛好停在停車線前。

「很好，妳越來越順手了，只要再注意一下左轉時不要轉得太大就好。」

禿頭教練說道。不知道是因為阿忍的開車技術大有進步，還是以前曾經對他發過飆，教練這陣子說話的語氣都很平靜。

「對了，有一件事和開車無關，但我有一個疑問。」

「什麼事？」

阿忍向禿頭教練打聽了若本的事。其他教練當然也知道車禍的事，當他得知阿忍認識原田日出子，露出了不悅的表情。

「太蠢了，我從來沒有聽過教練免費教學這種事。」

「若本先生是怎樣的人？」

「不太起眼。以前想當賽車手，但沒有當成，就跑來駕訓練當教練。他沒有家人，也沒有聽說他有什麼親近的人。」

「他最近有沒有和之前不一樣的地方？」

「沒有特別注意。」

教練偏著頭，納悶地問：「妳為什麼問這些事？」

「因為他很帥，所以想打聽一下。」阿忍回答。

「真對不起啊，我是禿頭大叔。」教練摸了摸自己的頭。

上完課後，阿忍去櫃檯預約下一堂課。一位戴著眼鏡的乾瘦中年男子負責排車和預約時間，阿忍預約結束後，也向他打聽了若本的事。

「我和他幾乎沒有來往，不太瞭解他的事。」

中年男子一臉歉意地說。

「但是，是你為原田太太優先預約三十二號教練車吧？」

「那是因為原田太太拜託我。呃，請妳不要告訴別人，不然大家都會開始挑教練車。」

中年男子舉起手拜託道。

回到家後，阿忍打電話給新藤，想要瞭解情況。

「很遺憾，毫無斬獲，」他一開口就這麼說，「完全找不到任何逃逸車輛的線索，若本仍然昏迷不醒。我也請教了漆哥的意見，他認為以目前的狀況，很難認為那起車禍是謀殺。」

「是嗎？」

阿忍發現自己的聲音聽起來很沮喪。

「妳不要這麼沮喪，一點都不像是妳的作風。不用擔心，等若本清醒過來後，一定可以發現一些線索，我們要充滿信心，耐心等待。」

聽到新藤的鼓勵，阿忍很有精神地回答：「好。」

7

鐵平和郁夫清晨六點約在公園見面，兩個人都騎著腳踏車來到阿忍的公寓前，停好腳踏車開始走路。他們的找狗屎活動已經進入了第三天。

「這樣真的找得到嗎？」

郁夫低著頭走路時問道，但他並不是垂頭喪氣，因為鐵平也低著頭走路。

「我也不知道，但總比什麼都不做有用吧。萬一找到了，就可以立下大功。」

「沒想到上了中學之後，竟然要做找狗屎這種事。」

「我也有同感。」

「田中，不好意思，要你來陪我做這種事。」

「別這麼說，你媽的情況怎麼樣？她有沒有振作起來？」

「她的個性怎麼可能一直消沉下去？只是我爸心情變得很差，因為那個叫若本的人的醫藥費都要由我們負擔。」

「哇，那可是一大筆錢。」

「幸好那個叫若本的人沒有家屬，省了很多口舌糾紛。」

「原來是這樣，那還真幸運。」

兩個人走路的時候隨時檢查路邊，他們在找狗屎。新藤說，很難想像是歹徒自己養狗，把狗帶到阿忍家門口大便，應該是去哪裡撿了狗屎放在她家門口。也就是說，阿忍的公寓附近一定有可以撿到狗屎的地方。

「這麼認真地找，才發現狗屎還真難找。」鐵平說。

「不想找的時候倒是經常看到。」

「有時候還會不小心踩到。」

「田中，你以前曾經踩過狗屎。」

「踩到狗屎時，大家都會躲得遠遠的——今天要不要去那裡看看？」

他們走向和昨天不同的路線，繼續邊走邊找。雖然是清晨，但不時有車子經過。

「這次我終於知道，車禍有多可怕。」郁夫語氣低沉地說。

「不要連你也消沉起來。」

「嗯，我知道，我知道要振作起來。田中，有沒有什麼笑話，說來聽聽吧。」

「臨時要我說笑話，我也說不出來啊。不然試試這個。有一次，一個大阪的男人和同鄉的朋友走進一家咖啡店，大阪的男人向女服務生點了檸汽。」

「嗯。」

「他的朋友聽了，問他檸汽是什麼。大阪男人說，就是檸檬汽水，大阪人凡事都喜歡用簡稱。他的朋友想吃大份的便當，他以為也要用簡稱，就對女服務生說『我要大便』，結果，女服務生幫他送來了咖哩飯。怎麼樣，是不是很好笑？」

郁夫笑了起來，但還是露出複雜的表情。

「如果平時聽到，一定會大笑，但現在聽到大便的笑話也笑不出來。」

「是嗎？看來我選錯主題了。」

鐵平沉思起來，郁夫突然叫了起來，「喔，那個像不像？」幾公尺前方的塑膠桶旁有一坨狗大便。兩人仔細觀察後，按了應該是塑膠桶主人家的門鈴，一個年約四十歲的太太出來開門。

「妳好，我們是北生野中學的學生，正在做課外研究，可不可以請妳提供協助？只要簡單回答我們幾個問題就好了。」

鐵平說了事先準備好的謊言。大人通常對中學生的課外研究很寬容，這位太太也親切地問他：「是什麼問題？」

「我們的課題是保持街道整潔的方法，目前正在調查狗屎……狗的糞便問題。我們剛好經過這裡，看到塑膠桶旁有狗的糞便。」

「什麼？今天又有了嗎？」
那位太太衝出家門，看到狗屎後皺著眉頭。「每天都有，我有時候會守在這裡，只要稍不留神，狗就跑來這裡大便，真是讓人太生氣了。」
「每天都有嗎？」郁夫問。
「幾乎每天都有，真希望有解決的方法。上次連續兩天不見了，我還高興了一下呢。」
「有兩天沒有嗎？是什麼時候？」
郁夫立刻追問。那位太太偏著頭想了一下後告訴了他們。沒錯，和阿忍家門口出現狗屎的日期一致。
「太好了。」
鐵平叫了起來，那位太太驚訝地瞪大了眼睛。

8

「狗屎是線索嗎？難怪我覺得這起事件有狗屎味。」
漆崎蹺著短腿，整個人靠在椅子上說。
「現在可不是耍嘴皮的時候，有沒有什麼解決的方法？」
「你著急也沒用，現在還沒認定是謀殺，我們還不能展開行動。」

「還不行喔。」

新藤抓著腦袋。因為郁夫他們的努力，找到了那起車禍可能是人為製造的線索，但並沒有進一步的進展。

「車禍的狀況有沒有不自然的地方？」漆崎問。

「我剛好認識生野署交通課的人，我打聽了一下，並沒有明顯的問題，現場的打滑痕跡也和原田日出子的口供一致。」

「所以，不能從那裡下手。」

漆崎可能很在意臉上冒出的鬍碴，摸了好幾次下巴。

「但有一個地方很奇怪，車禍現場發現了一把鐵鎚。」

「鐵鎚？」

「就是榔頭啊。」

「我當然知道鐵鎚是榔頭，掉落在現場的什麼地方？」

「撞毀的車門附近，更奇怪的是，不只一個鐵鎚，調查後發現，座位下也有一把。」

漆崎眨了眨眼睛，把脖子左右轉動了一下。

「開車不需要鐵鎚啊。」

「我問了交通課的人，但他們說，車上有鐵鎚並不奇怪。比方說，整輛車子墜入河裡或海裡時，可以用鐵鎚敲破擋風玻璃。所以，車上準備一把鐵鎚比較好，但如果有兩把，就有點匪夷所思了。」

「有兩把鐵鍾。」

漆崎誇張地歪著腦袋想了一下，拿起上衣站了起來。「那我們走吧。」

「去哪裡？」

「那還用問嗎？當然是若本家裡，搞不好可以發現什麼。」

若本在兩層樓的木造公寓租了一間房子，漆崎聯絡了管理該公寓的房屋仲介公司，請房屋仲介帶了備用鑰匙前來。

「聽說他發生了車禍，他又沒有家人，真是傷腦筋啊。」

留著小鬍子的房屋仲介說。

「他一直都是一個人住嗎？」

「不，五、六年前，他剛搬進來的時候有一個太太，結果第一年就得了癌症死了……他真的很可憐。」

房屋仲介帶兩名刑警來到二樓，若本的房間在最邊間。

「警察真辛苦，當事人昏迷不醒，無論想調查什麼事，都只能來他住的地方找線索。」

「是啊。」漆崎不置可否地應了一聲。如果被人知道他們擅自展開調查，就會後患無窮，對漆崎來說，在這種時候敷衍幾句根本是雕蟲小技。

房屋仲介開了門鎖後，打開了房門，但是，新藤進屋一看，忍不住愣在原地。因為若本家裡已經被人翻箱倒櫃，弄得亂七八糟。

「漆哥……這到底是怎麼一回事？」

「嗯。」

漆崎走進屋內，環視室內。壁櫥的門敞開著，連五斗櫃和書桌的抽屜也都拉了出來，家裡的東西都雜亂地散落在地上，幾乎沒有立足之地。

「是誰幹的？」

「我怎麼知道？但依目前的情況來看，幾乎可以確定，那顯然不是單純的車禍了。」

漆崎雙手扠在腰上，點了點頭後，突然盯著靠牆的榻榻米表面蹲了下來。

「怎麼了？」

「你看，這是什麼？」

漆崎的指尖抓起一塊深紅色、像米粒般大小的東西，看起來像黏土。

「這是什麼東西啊？」新藤也不解地偏著頭。

「雖然只要找鑑識組的人來查一下就知道了，但我們是擅自行動，要辦手續很麻煩。算了，那就向組長據實以告，我們一起挨罵吧。」

漆崎說完，伸手準備拿起電話時，電話響了。漆崎嚇了一跳，把手縮了回來，然後才小心翼翼地接起電話。

「喂，這裡是若本先生的家……呃，不，我是警察。什麼？是醫院打來的？不，若本先生沒有家屬……什麼，真的嗎？」

漆崎捂住了電話，轉頭對新藤說：「喂，若本死了。」

9

「搶匪？若本先生……」

阿忍瞪大眼睛。

「就是這麼一回事，實在是太意外了。不過，也多虧了這件事，讓我和漆哥沒有因為擅自行動挨上司的罵。」

可能是因為意外立了功，新藤的心情特別好。所以，今晚他請阿忍吃牛排。

新藤說，漆崎在若本家裡發現像黏土般的東西是油畫的顏料，經專家鑑定，那些顏料歷史悠久。若本不可能有那種東西，所以就懷疑是偷來的。於是，他們想起之前在生野區發生的搶案。在鑑定顏料成分後，幾乎確定是失竊畫作上掉落的顏料。

「但問題還在後面。」

新藤正準備把牛排送進嘴裡，他停下手說道：「有兩名搶匪，也就是說，還有另一名同夥逍遙法外。所以，很可能是那個同夥參與了人為車禍，在若本家裡翻箱倒櫃，搶走了現金、珠寶和畫作，我們一定要逮捕這名搶匪。」
「有什麼線索嗎？」
「有。」新藤自信滿滿地說：「對了，在那起人為車禍中，妳認為被鎖定的目標是誰？若本？還是原田太太？」
「應該是若本吧？」
「根據我們的推理，歹徒想要下手的並不是若本，而是原田太太。」
「是喔。」
「你也知道。原田太太就住在發生搶案的松原家附近，也許原田太太在案發當天，剛好看到若本他們逃走。」
「是嗎？原田太太從來沒有向我提過這件事。」
阿忍驚訝地眨著眼睛。
「原田太太自己並沒有意識到這件事，只是搶匪以為被她看到了。因為他們在逃走時，應該取下了臉上的面罩。但是，若本他們並沒有太擔心，雖然目擊者可能配合警方畫了人像畫，說實話，那種東西根本不可靠。」
新藤露出苦笑，「沒想到，若本發現目擊者竟然是自己工作的駕訓班的學生，而且，一次又一次坐他的教練車。若本應該搞不清楚她是因為看到自己的臉，特地挑選他的教練車，還是根本不知道。即使當時不知道，若本也擔心在某個契機之下回想起來，所以，他決定殺人滅口。」

「所以才會提起特別訓練的事。」

「應該是這麼一回事。當他們從岔路駛出來時，由同夥開車撞過來。按照他們原本的計畫，應該撞到駕駛座，把原田太太撞死，兩名搶匪雖然也會受傷，但因為是預謀的車禍，所以可以在某種程度上做好預防措施。但是，原田太太的開車技術比若本以為的更差，在踩煞車時，誤踩了油門。結果，就發生了意料之外的車禍，若本送了命。」

阿忍不由得佩服，原來開車技術差還可以救自己一命。

「對若本來說，算是罪有應得。」阿忍頻頻點著頭，「但這種方法並不是殺人滅口的理想方法，原田太太並不一定會死。」

「他們應該也想到了這件事。若本的車上有鐵鎚，如果原田太太沒有死，他應該會用鐵鎚給她致命的一擊。」

「哇，好殘忍。」

阿忍歪著嘴，整個鼻子都皺了起來。

「唯一的疑問是，車上有兩把鐵鎚。目前還在研究這件事是否有什麼特殊的意義。」

「所以，之前那起車禍可以用這種方式合理解釋。」

「沒錯，我們很期待原田太太能夠想起搶案相關的事。」

「請你們一定要抓到凶手，既然車禍背後藏著謀殺案，法官也會同情原田太太的過失。」

「妳就放心交給我吧，接下來只是時間的問題。」

新藤拍著胸脯保證。

然而，事情並沒有原本以為的那麼簡單。翌日，新藤和漆崎拜訪了原田日出子，她對搶案的事一無所知。

「我們並不是問妳有沒有看到搶匪，而是問妳那天早上做了什麼事。因為那天早上，妳應該在某個地方和搶匪近距離接觸。」

漆崎說得口沫橫飛，但日出子仍然搖著頭。

「但是，根本不可能啊。那天早上，我身體很不舒服，一直睡在床上。」

「什麼？」

漆崎說不出話，和新藤互看了一眼。

「這……到底是怎麼一回事？」

10

「原田太太什麼都沒看到？怎麼會這樣？」

「我也不知道。」

「既然這樣，歹徒就沒有理由想要殺原田太太。」
「妳說得對。」
「所以，現在的結果怎麼樣？」
「現階段認為只是普通的車禍。」
「絕對不可能。」
阿忍拍著桌子說道。因為是在家裡，所以她可以大聲說話。挨罵的是新藤和漆崎，他們兩個人從剛才就輪流向她低頭道歉。
「還有狗屎的事啊，絕對是有人策劃的。」
「但是——」
新藤沒有自信地開口說話時，漆崎開了口：
「只有一個可能，那兩名搶匪中，有一個人利用原田太太，想要殺死另一個人。凶手利用原田太太住在松原家附近這一點，告訴同夥，那個女人可能看到他們犯案，提出了謀殺計畫，但真正的目的是想殺死自己的同夥。」
「這麼說，是若本受騙上當了嗎？」阿忍問。
「看來是這樣。」新藤表示同意，但漆崎仍然皺著眉頭，抱著手臂，淡淡地說：
「如果目標是若本，直接撞向副駕駛座，不是更有可能撞死他嗎？」
「啊？對喔。」新藤點了點頭，他似乎現在才發現這一點。「所以，是相反的情況嗎？」

「嗯，我認為是相反的情況，是若本想要殺死他的同夥。」
「原來如此，也有這種可能。」
「但目前還缺乏關鍵證據，只是我們的想像，說說而已。」
漆崎用雙手擦了擦臉，用力拍打了臉頰。
「就像漆哥說的，若本只是想利用原田太太，但為什麼挑選原田太太？」
「那是因為發生搶案的松原家就在原田家附近。」
「這當然也是原因之一，但他很順利地接近了原田太太，雙方的交情發展到可以接受清晨特別訓練的程度，並不是一件簡單的事。」
「那是因為原田太太經常指定要坐他的教練車。起初是連續三次坐到了他的車，原田太太就很中意他……」
阿忍在說這件事時，感覺有點不太對勁。因為駕訓班有那麼多教練，連續三次都坐同一輛車太不自然了。
「該不會……」
阿忍雙手用力拍著桌子，漆崎嚇得跳了起來。

11

清晨六點。駕訓班內果然空蕩蕩的。

阿忍沒有去辦公大樓，直接前往停教練車的停車場。有一整排同款車型的車子停在那裡。

一個男人慢吞吞地從最角落的車子後方走了出來。

「有什麼事嗎？」

男人露出警戒的眼神。阿忍迎向他的視線回答：

「我是代替原田太太來的，她目前行動不太方便。」

阿忍昨天請日出子打電話給這個男人，說想要和他做一筆交易，約在今天早上六點和他見面。這個男人應該已經理解其中的意思了。因為他在搶劫後，以為日出子看到了他。

「喔……這麼大清早找我來這裡，有什麼事嗎？」

「有什麼事，不用我說，你心裡應該很清楚。我希望你回想一下，曾經和原田日出子太太在哪裡見過面。」

阿忍說完，男人轉過身，隨即又緩緩回過頭。

「多少？」

「什麼？」

「我在問妳想要多少錢？妳不就是為了這個目的來這裡嗎？」

這樣就足夠了。阿忍輕輕舉起一隻手，這時，一輛藍色的車子從大門駛了進來。男人呆然地看著車子停了下來，漆崎和新藤走下車。鐵平和郁夫也坐在後車座。

「你、你們想幹嘛？」

男人結結巴巴地問。新藤亮出警察證走到他的面前，「你不要再抵賴了。」

男人看著阿忍叫了起來，「媽的，妳騙我。」

「你就乖乖就範吧。」

新藤說，但那個男人並沒有乖乖就範，他拿起旁邊的扳手，朝新藤丟了過來。扳手打中他的額頭，鮮血流了下來。

「啊，新藤先生。」

阿忍衝向新藤時，男人跳上旁邊的車，發動了引擎。

「啊，他想逃走。新藤，你振作起來，趕快去追他。」

漆崎大叫。

「血、血流進我眼睛了……」

「他這樣沒辦法開車，漆崎先生，請你開車。」

「不行。」

「為什麼？」

「因為我沒有駕照。」

「什麼？」

「不，沒關係，我來開車。」

新藤站了起來，但走起路來搖搖晃晃。阿忍下定了決心，從皮包裡拿出口紅，在新藤車子的引擎蓋上寫了大大的幾個字「臨時駕照練習中」。

「哇，老師，妳要幹什麼？」

「我來開車，趕快上車。」

「簡直亂來。」

「新藤，你少廢話，上車，就相信忍老師吧。」

鐵平他們上車後，立刻拍著手。

「太好了，老師，加油。」

「我知道，大家都繫好安全帶，出發囉。」

車子熄火了。

「老師，還是由我來開車吧。」

「你少囉嗦，我說話算話。」

她重新發動了引擎，車子衝了出去，輪胎發出刺耳的聲音。兩個搗蛋鬼歡呼起來。

車子來到馬路上，對方的車子已經不見蹤影。阿忍用力踩下油門。由於是大清早，馬路上沒什麼車子。車速表的指針一下子就衝到了七十公里。

「太猛了，簡直就像在坐雲霄飛車。」

「啊哇哇，南無阿彌陀佛，南無阿彌陀佛。」

「新藤，還沒有準備好嗎？」

不一會兒，對方的車子出現在前方。阿忍繼續加快速度，終於快追上時，對方左轉，駛進一條岔路。阿忍慌忙踩下煞車，輪胎發出刺耳的聲音，車子立刻改變了方向。

「哇噢，比雲霄飛車更可怕。」

「救命啊。」

阿忍坐穩後，再度追了上去。這條路彎彎曲曲，但阿忍不能放慢速度，所以，車上的人都跟著東倒西歪。最後，車子來到一個像是工地現場的地方。

「啊，老師，他在那裡。」

聽到鐵平的聲音，抬頭一看，發現對方的車子出現在工地現場的遠處。

「看我的。」

阿忍切入低檔，一口氣穿越了工地現場。由於工地現場堆放了很多沙石、木材和鋼筋，行駛時，必須避開這些東西。

「忍老師，不要太勉強了。」

新藤大叫的同時，車子以驚人的速度駛上瓦礫堆。

「啊，車子要翻了。」

「沒命了。」

當所有人的尖聲驚叫達到最高潮時，車子發出咚的一聲，不知道往下駛到哪裡。阿忍也忍不住閉上眼睛，當她戰戰兢兢地張開眼時，發現有一輛車停在前面。

剛才那個男人張大嘴巴，坐在駕駛座上看著她。

「太好了，逮到他了。」

阿忍對其他人說，但新藤他們也和那個男人一樣，一臉虛脫的表情。

12

「所以到底是怎麼一回事？」

阿忍一邊吃著巧克力聖代問道，當然是漆崎和新藤請她吃的。鐵平和郁夫坐在她的旁邊，正在吃香蕉船。

「那個傢伙叫小林，都是若本慫恿他的。」

漆崎向阿忍說明了情況。小林就是預約櫃檯負責排車的人，他是若本的同夥。

「當初也是若本邀他去搶劫。也可能因為死無對證，所以他就說得對自己比較有利。」

「他有沒有招供想殺原田太太的事？」

「有。幾乎和我們的推理相同，首先，若本告訴小林，搶劫那天，那個叫原田的女人就在現場附近，看到了他的長相。這當然是若本杜撰的，他可能是看到原田太太的住址，想到可以利用這一點。小林聽了很驚訝，也很害怕。於是，若本就提議要殺了原田太太。他說會主動接近原田太太，和她混熟之後，製造單獨相處的機會，到時候再下手。小林也參與了這個計畫，於是，就在排車時讓原田太太每次都坐若本的車子。」

阿忍頻頻點頭。她當初就是因為這一點太不自然，才會開始懷疑小林。

「所以，若本打算和原田太太混熟之後，製造那起假車禍。」

「對，沒想到妳也意外出現了，所以他們慌了手腳。為了阻止妳，就用了狗屎這一招。」

「原來是他幹的。」

阿忍咬著嘴唇。他們一系列犯罪行為固然令人髮指，但狗屎的事最可惡。

「那天，因為妳沒有去，所以他們就按照原計畫下了手。但是，若本又私下有了新計畫，他打算除了原田太太以外，還要伺機殺了小林。不，對他來說，殺小林才是他真正的目的。因為他想獨吞之前搶到的財物。如果原田太太在車禍後昏過去，若本應該不至於取她的性命，但如果她神志清醒，就會看到車禍現場的情況，那麼就會殺她。兩輛車相撞後，撞車的和被撞的雙雙死亡的情況經常發生。所以，若本準備了兩把鐵錘，因為如果使用同一把鐵錘，屍體上會留下另一具屍體的痕跡，所以他格外謹慎。」

「他太謹慎了。」

「不，其實也未必。我向法醫確認，被鐵錘敲死的屍體不可能偽裝成車禍撞到頭部。」

「搞什麼嘛，所以，那個叫若本的傢伙根本是白白送了命。」

「就是這麼一回事。所以，不能隨便做壞事，惡人會有惡報。」
「原田太太呢？」
阿忍轉頭看著新藤。他的額頭上貼了一塊很大的ＯＫ繃。
「可能會有某種程度的處分，但應該只會罰違反停車讓行的違規部分，因為對方是故意撞過來的。」
「太好了，我代替我媽向你道謝。」
郁夫深深鞠躬。
「扣分之類的處分怎麼辦？原田太太還沒有駕照。」
「所以，當原田太太終於領到駕照時，就會因為違反這項交通規則而受罰。如果有人在領到駕照前，就被判吊扣駕照，就會在領到駕照的同時被吊扣，也就是暫時領不到駕照。」
「是嗎？我完全不知道。」
「真是好險。妳只有臨時駕照，像那天那樣開車，萬一遭到臨檢，會因為超速或是其他危險行為，在領到駕照前就被扣分了。」
新藤露出奸笑說。
「太好了，等我領到駕照，一定要安全開車。各位，到時候歡迎再坐我的車子。」
阿忍的話音剛落，鐵平他們和新藤他們紛紛站起來說：「差不多該回家了。」

忍老師去東京

1

「第一站當然要去東京巨蛋球場。雖然正式比賽應該買不到票，但熱身賽應該不至於有那麼多人吧。」

田中鐵平看著旅遊導覽書說道。從他身旁的車窗可以看到整座富士山，山頂上積著雪。阿忍覺得自己因為平日勤於行善，才能看到沒有被雲霧遮住的富士山。

「既然去東京，何必去看棒球。我們去原宿、去原宿啦。年輕人就要去年輕人聚集的地方。」

鐵平的同學原田郁夫反駁了他的意見。他戴著隨身聽的耳機，所以說話也變得很大聲。

「你在說什麼啊，原宿就和大阪的美國村沒什麼兩樣，但大阪沒有巨蛋球場❷。」

「但反正都是在裡面打球，況且，我討厭巨人隊。」

「所以我說要去看巨人隊和阪神隊的比賽啊。」

「莫名其妙，搭新幹線去看阪神隊輸球，未免太悲哀了。」

「又不一定會輸，也許會有奇蹟發生。」

「不可能、不可能，別抱希望了。」

阿忍心不在焉地聽著他們的對話，打開皮包，準備把剛剛正在看的時間表放進去，又看到皮包裡有一個信封。信封裡是中西雄太寫給她的信，內容如下。

「老師：

最近還好嗎？我相信老師一定很好，我來東京已經一年了，這裡的生活有很多不適應的地方，所以真的很辛苦。說話這件事也總算可以應付了，一開始，因為我說的話和別人完全不一樣，讓我不知如何是好。東京的還境也和大阪完全不一樣，有時候忍不住回想起大阪的事，感到很懷念。我完全沒有機會見到大阪的老同學，不知道大家的中學生活是否過得很愉快，很希望聽到田中和原田的趣事，但我暫時不會回大阪。因為我爸爸工作很忙，沒有時間帶我回去。我曾經想一個人回大阪，卻沒有地方可以住，即使我想住在同學家，我爸媽也不答應，反而罵我不要東想西想，乖乖讀書就好。老師，如果妳有機會來東京，記得通知我，我會帶妳四處走走。保重身體，大學的課程請好好加油。

雄太敬上」

阿忍上個月收到這封信，看了信之後，她覺得有點不妙。

中西雄太是阿忍以前任教的大路小學的學生，畢業後，因為父親工作的關係，舉家搬去

❷大阪巨蛋於一九九七年落成，本書在日本於一九九六年出版。

東京了。阿忍目前正在大學進修，沒有接新的班級，所以一直都很牽掛以前教過的學生。

收到雄太的信後，阿忍憑著教師的直覺，從信中感受到不安。信中寫的都是「以前的生活很美好」，完全沒有提到目前的自己也很好。也許雄太也遇到了轉學生容易發生的煩惱。

阿忍很希望去東京看看雄太，沒想到終於等到了機會。她大學同學將在東京舉辦婚禮，邀請她去參加。因為適逢春假，時間上也沒問題。她的優點就是凡事都很果斷，立刻決定去東京看雄太。當她把這件事告訴田中鐵平和原田郁夫後，他們說也想一起去東京。

「既然老同學想要見我們，我們怎麼能不理他呢？我要和原田一起說相聲，好好為雄太加油。」

「但是，你們要住在哪裡？我打算住在我老同學家。」

沒想到鐵平若無其事地說：

「這根本不是問題，到時候，我們也可以去住中西家。」

於是，他們聯絡了雄太，說好和原田郁夫兩個人一起去住雄太家。據說雄太家是很氣派的豪宅，隨時都有房間可以讓兩、三位客人住宿。

新幹線光芒號經過了新橫濱車站，即將抵達東京車站。阿忍把行李拿了下來，穿好上衣，鐵平和郁夫仍然在拌嘴。

來到東京站，雄太在新幹線的剪票口等他們。他看起來比之前成熟，髮型和服裝也比鐵平他們更有品味，難以相信一年不見，就會有這麼大的變化。

「老師，好久不見，田中、原田，也歡迎你們來東京。」
「嗨，最近好嗎？」鐵平問。
「嗯，馬馬虎虎。」
「你穿的衣服真高級，是在原宿買的嗎？」郁夫問。
「不是，這是在銀座的百貨公司買的。」
「喔，銀座……」
或許是聽到和自己無緣的地名，郁夫說不出話。
「不要站著說話，要不要去找一家咖啡店喝點東西聊天？」
阿忍提議，雄太搖了搖手。
「我告訴我媽，說老師來東京了，我媽說，一定要請妳去家裡坐一坐。我家離這裡四十分鐘左右，可不可以請妳和我一起回家？」
「呃，這倒是沒關係，但會不會添麻煩？」
「我媽說，好久沒看到老師了，也想和妳聊一聊。況且，反正田中和原田要住在我家。」
「是喔……那我就去打擾一下。」
阿忍對雄太的母親印象深刻。其他學生的母親都像是老街的大嬸，雄太的母親渾身散發出上流社會的氣質。即使關係再親密，或是面對自己不喜歡的人時，都會以禮相待，從來不會有話直說。所以，聽到阿忍要來東京，也覺得邀請阿忍到家裡作客是自己的義務。

搭電車到新宿後，又改搭西武線，在上石神井車站下了車。阿忍和鐵平他們跟在雄太身後，甚至不知道「上石神井」這幾個字的日文該怎麼發音。

中西家位在離車站五分鐘路程的地方，周圍圍著柵欄，柵欄內是寬敞的院子和米色的西式房子，佔地超過一百坪。

「好像圖書館一樣。」郁夫小聲地說。

他們跟著雄太走進玄關，沒有人出來迎接。雄太大聲叫了之後，中西太太才終於現身。

「啊，竹內老師，真是好久不見了。」

中西太太跪坐在地上，恭敬地低頭打招呼。

「很久不見，你們都好嗎？」

「嗯，總算……」

「阿姨好，」鐵平也打招呼，「這是伴手禮，我們來打擾了，請多關照。」

「請多關照。」郁夫也遞上一個紙包。

「啊喲，你們不必這麼客氣……」

中西太太看著他們兩個，好像打算說什麼，但隨即將視線移到阿忍身上，「來，請進屋坐吧。」

「打擾了。」阿忍脫下了鞋子。

他們來到客廳，吃著蛋糕、喝著紅茶，阿忍他們聊著往事。雄太看起來比想像中有精神，說的話也很接近東京腔，但或許受到了鐵平他們的影響，漸漸開始說大阪腔了。

阿忍很想和雄太的母親聊一聊，但中西太太帶他們進來後就離開了，之後一直沒有進來客廳，也許是想讓他們好好聊一聊。

「你的功課怎麼樣？跟得上嗎？」

「功課很難，但我每個星期上四天補習班，努力跟上進度。」

「補習班……東京的競爭很激烈吧。」

鐵平吃著蛋糕，語帶佩服地說。他完全沒有意識到，現在不上補習班的人才是少數。

「你搬來東京已經一年了，對東京應該很熟了吧，假日的時候，全家人會一起開車去兜風嗎？」

阿忍之所以會問這個問題，是因為以前小學的親師懇談時，中西太太曾經提過這件事，沒想到雄太搖了搖頭。

「來這裡之後，從來沒有去兜風過，因為爸爸的工作很忙……」

「但再忙也有休假吧？」

「幾乎沒有，即使偶爾休假，也要去打高爾夫應酬……我差不多有十天沒有和我爸爸說過話了。」

「這個倒是個問題。」

阿忍嘀咕道。

「喔，好像有人來了。」

正在窗前看著外面的郁夫說道，雄太也走到他身旁，小聲說：「咦？是我爸爸，他以前從來沒有白天回家過。」

「可能知道忍老師要來，所以回來打聲招呼吧。」郁夫說。

「是嗎……他昨天晚上完全沒提這件事。」

不一會兒，有人敲了敲門，走進來一位身材壯碩的男人。他就是雄太的父親。阿忍起身向他打招呼。

「竹內老師，妳好。雄太現在也會不時提到妳，他很高興可以遇見一位好老師，請慢慢坐。」

說完，中西先生立刻走了出去。他不可能特地從公司回來，只為了說這句話，可能是有其他的事。

「我爸爸根本在胡說八道，」雄太板著臉說：「他從來沒有好好聽過我說話。」

阿忍覺得問題似乎很嚴重。

過了一會兒，她從沙發上站了起來。

「呃，我想借用一下洗手間。」

「沒問題，走出客廳後，往右走到盡頭就是廁所。」

「老師，不要把馬桶弄髒了。」

鐵平很沒禮貌地開玩笑，和郁夫一起大笑起來。阿忍瞪了他們一眼，走出了客廳。但是，她沒有去廁所，走向相反方向的廚房。她打算向中西太太打聽雄太的情況，走到一半，就停下了腳步。因為廚房傳來了說話的聲音。

「所以我不是一直提醒妳要小心嗎？」

是中西先生的聲音。他的語氣很嚴厲，和剛才判若兩人。

「你怪我也沒有用，我也有很多事要忙。」

「哪有什麼事要忙，只不過是家事而已，我看妳八成整天都在和鄰居太太聊八卦。」

「我才不會做這種事。」中西太太帶著哭腔說道，「你自己整天推說很忙，完全沒有為這個家著想。」

「怎麼？妳現在要怪到我的頭上嗎？」

「我不是這個意思，只是希望你可以多關心一下家裡。」

「男人要在外面工作。」

「又來了……每次都用這個當藉口。你真的都在忙工作嗎？」

「什麼意思？」

「前天那個女人又打電話來了。現在她已經毫無顧忌，恬不知恥地問你的事。」

短暫的沉默後，中西先生重重地嘆了一口氣。

「這件事已經解決了，我們在這裡爭執也沒有意義。」

「你又要閃躲了。」
「我是說，現在沒時間討論這個問題。」
又是一陣沉默。然後，中西太太小聲地說：
「……你打電話給銀行了嗎？」
「打了，錢的事應該可以解決。」
——他們到底在說什麼？
阿忍很想繼續聽中西夫婦的談話，但玄關傳來了動靜。如果被人發現在這裡偷聽，就沒臉見雄太了，她躡手躡腳地走回客廳。
玄關那裡走來一個身穿制服的女孩，應該是雄太的姊姊。女孩也看到了阿忍，驚訝地停下腳步。
「妳好，我是雄太的小學老師，打擾了——」
阿忍說到一半時，那個女孩就露出恍然大悟的笑容。
「妳是忍老師吧？我聽說了不少關於妳的事，我是雄太的姊姊景子，請慢坐。」
「謝謝。」
阿忍很想知道，她到底聽雄太說了什麼，但景子很快就轉身離開了。她可能讀高一了吧，說話彬彬有禮，可見父母教育有方。
回到客廳時，三個人正在討論棒球。

「老師，妳去了真久啊。」

鐵平哪壺不開提哪壺。郁夫在一旁用手肘捅了捅鐵平。

「女生有很多事要忙嘛。老師，我跟妳說，中西這傢伙竟然放棄了阪神隊，改當西武隊的球迷了，是不是很過分？老師，妳來罵他。」

「我差不多該走了。中西，電話可不可以借我用一下？我要打電話給我同學，因為今天晚上要住她家。」

「好，電話就在那裡……咦？」

雄太用手指著門旁的櫃子，偏著頭納悶。「奇怪了，電話平時都放在這裡，今天怎麼不見了？」

等我一下。他準備開門走出去時，門從外側打開了。中西太太走了進來。

「媽媽，電話──」

中西太太用眼神制止了說到一半的雄太，看著阿忍他們。

「竹內老師，妳今天晚上要住朋友家嗎？」

「對。」

「不能改變嗎？非要住那位朋友家不可嗎？」

「請問有什麼問題嗎？」

阿忍問，中西太太低下了頭，當她抬頭時，露出煩惱的眼神。

「我先生因為工作的關係，和一家飯店很熟，可不可以請妳去住那裡……」

「不必特地為我費心。」

阿忍苦笑著搖搖手，「來府上叨擾已經給你們添麻煩了，如果還要你們安排飯店住宿就太不識趣了。」

「不，不光是妳而已……」

中西太太一臉歉意地看著鐵平他們，「我希望田中他們也去住飯店。」

「為什麼？」雄太在一旁叫了起來，「他們難得來東京，為什麼不能住在家裡？」

「你不要插嘴。」

中西太太厲聲說道。聽到她嚴厲的語氣，雄太閉了嘴。

「對不起，」中西太太對鐵平他們鞠躬道歉，「這一次實在不太方便，如果是平時，我絕對不會這麼做。」

「我們無所謂啊……對吧？」

鐵平問道，郁夫也用力點頭。

「老師，可以嗎？如果只有田中他們住在飯店，我也會有點擔心。」

被中西太太這麼拜託，阿忍不好意思拒絕。中西太太平時絕對不會這麼做，想必其中有什麼隱情，而且，剛才偷聽到的對話也讓她耿耿於懷。

「好，那就謝謝你們的好意，我就帶他們去住飯店。」

聽到阿忍這麼說，中西太太露出鬆了一口氣的表情。她這種反應也有點不尋常。

2

那家飯店位在新宿，阿忍和鐵平他們回到了新宿，但問題還在後面。雖然請中西太太畫了地圖，但他們剛走出車站，就搞不清楚方向了。

「老師，現在到底怎麼樣？我記得剛才也來過這裡。」

鐵平抱怨道，他們已經在原地繞了快三十分鐘了。郁夫的嘴裡也嘀嘀咕咕，似乎在抱怨。

「全都怪這張地圖畫得不正確，而且，東京和大阪不一樣，道路沒有規劃得像棋盤一樣。」

「妳怪地圖嗎？老師，妳以前教我們，不能推卸責任怪別人。」

「是沒錯啦……」

「唉，我有一種不祥的預感，」郁夫嘆著氣說道，「老師嚴重沒有方向感，簡直是惡龍級的，根本不可能很快找到目的地。我明知道這件事，還相信老師，把地圖交給她，實在是太愚蠢了。早知道就不該顧及老師的面子，由我來帶路。」

「你給我少廢話，男生不要囉哩叭嗦的。呃，原來這裡有棒球練習場，之前好像沒來過這裡，太陽在那裡……」

阿忍站在馬路中央，好像在指揮交通般揮著手。

「你有沒有聽到？老師在說太陽的位置耶。」鐵平說。

「為什麼明明人在東京的市中心，卻好像在參加定向越野競賽？」

「我知道了，是這裡。」

阿忍胸有成竹地往前走，鐵平他們也跟了上去，但走了一會兒，阿忍就停了下來。「咦？奇怪哩。」

「我看是不行啦。」

「今晚恐怕要露宿了，露宿和原宿只差一個字，卻相差十萬八千里。」

「簡直就像在沙漠上徬徨。我記得有一首歌叫〈東京沙漠〉。」

「不是沙漠，而是樹海吧？天色慢慢暗了，我看我們只能找一根電線杆上吊了。」

阿忍沒有理會他們的奚落，目不轉睛地看著地圖後，抬起了頭，抱著雙臂嘟囔說：「嗯，依我看……」

「老師，怎麼了？知道怎麼走了嗎？」

鐵平問，阿忍緩緩地搖頭。

「我們……好像迷路了。」

鐵平和郁夫身體忍不住向後仰，郁夫說：

「這種事，八百年前就知道了。正因為迷路了，我們才會在這裡繞來繞去。老師，不要打腫臉充胖子了，趕快找人問一下吧。我奶奶說，不恥下問只是丟臉一下子，不懂裝懂會丟臉一輩子。」

「唉，也只能這麼辦了。」

阿忍左顧右盼，尋找是否有人可以問路。

「但是，妳問了人就知道怎麼走了嗎？」鐵平不安地說：「即使拿著地圖，妳也找不到路，光聽人家指路，我們絕對到不了目的地。」

他的意見很有說服力，阿忍和郁夫都沉默不語。

「叫計程車吧。」鐵平說：「計程車的話，只要報上地名，就會帶我們去。」

「我剛才也想到這個方法，但恐怕不可行，」郁夫說：「雖然我們走了半天，但應該離目的地不遠。計程車不願意載我們這種短程的客人。」

明知道就在附近，卻走不到目的地，阿忍實在覺得很丟臉。

「算了，只能用最後一招了。」

阿忍找到一個電話亭走了進去，從皮包裡拿出通訊錄，找到了本間義彥的名字。今天是星期五，阿忍打電話到他公司。

本間正在公司，接到阿忍的電話，說話的聲音也興奮起來。得知她在東京，更激動地拉高了嗓門。

阿忍把目前的情況告訴了他，聽到電話中傳來拍胸脯的聲音。

「沒問題，我馬上去救妳。妳周圍有什麼明顯的標記嗎？」

「有XX棒球練習場。」

「我知道那裡。記住喔，千萬不要離開原地，我三十分鐘，不，二十分鐘後就到。不過，我想請問妳一件事。」

本間的聲音突然嚴肅起來。

「什麼事？」

「那個男的……新藤刑警應該沒有和妳在一起吧？」

「新藤先生嗎？他不在。」

阿忍正打算告訴他，鐵平他們和她在一起，但本間迫不及待地說：

「是嗎？原來只有妳一個人，好，那我馬上過去。」

阿忍還來不及回答，他就掛上了電話。

阿忍曾經和本間義彥相過親，他至今仍然希望娶她。本間是東京人，之前因為工作關係去了大阪，但去年又回到東京。這次來東京前，阿忍曾經想到他，但原本不打算打擾他。

新藤是大阪府警總部的刑警，他也曾經向阿忍求婚，所以算是本間的情敵。

阿忍掛上電話後，又拿了起來，撥通了中西家的電話。因為他們的入住時間比預定的更晚，擔心飯店方面會打電話去中西家確認。

電話鈴聲只響了一次，電話就接通了，聽到中西太太緊張的聲音：「喂，你好，這裡是中西家。」

「喂？我是竹內，剛才謝謝你們。」

「喔……」

中西太太發出洩氣的聲音，似乎在等別人的電話。

「我們已經到新宿了，剛才先去了其他地方，我擔心飯店方面會打電話去你們家——」

阿忍說到這裡時，電話遠處傳來一個聲音。

「誰打來的？是歹徒嗎？」

那個聲音絕對是中西先生。他在問他的太太。阿忍閉上了嘴。歹徒？

「喂，竹內老師？」

中西太太的聲音難掩慌張。

「……是。」

「我知道了，如果飯店打電話來，我會轉告他們。」

「麻煩妳了。」

「失禮了。」中西太太可能擔心阿忍追問，匆匆掛上了電話。阿忍看著手中的電話。

——歹徒？中西先生的確說了這兩個字。到底是怎麼一回事？

走出電話亭，看到郁夫坐在護欄上玩電動玩具。

「田中呢？」

「找地方尿尿去了。」
郁夫回答時，鐵平從街角走了過來。
「要找一個合適的地方撒尿真不容易，老師，情況怎麼樣？」
「馬上會有人來接我們，我問你們一件事，中西有弟弟或是妹妹嗎？」
「什麼？」
鐵平張大眼睛看著郁夫，「呃，我不太清楚。」
「我不知道，但剛才在他家沒看到。老師，妳為什麼這麼問？」
「沒什麼，只是隨便問問。」
阿忍隨口敷衍，但鐵平他們似乎覺得可疑。阿忍乾咳了一下，假裝在等本間。
大約二十分鐘後，一輛計程車停在她面前。車門打開時，身穿西裝的本間義彥走下車。
「阿忍小姐，好久不見。」
說著，他高高舉起了手上的一束玫瑰花。
「好久不見，對不起，麻煩你特地跑一趟。」
「妳千萬別這麼說，只要是為了妳——」
「你好。」
「辛苦了，太好了，我們得救了。」
原本蹲在電話亭後方的鐵平和郁夫站了起來，本間露出驚訝的眼神。

「阿忍小姐，呃，這是……」

「他們和我一起從大阪來東京，因為有點事。」

「等一下再聊吧，來，先上車，先上車。」

鐵平把本間推進計程車後，自己也坐上車，郁夫也跟了上去。阿忍坐在副駕駛座上。

「總算離開了青木原❸。」

「青木原？樹海怎麼了？」

「不，沒什麼。田中，你不要說一些無聊的話。」

「我是說實話而已。對了，本間先生，這些玫瑰花真漂亮。」

「很漂亮吧？我費了很大的工夫挑選的。」

本間得意地回答。「費很大的工夫」這句話是要說給阿忍聽的。

「你有時間去挑選花，應該更早來這裡……算了。話說回來，真的很漂亮，看起來很貴的樣子。一朵多少錢？」

鐵平問。本間咂著舌頭。

「開口閉口就問價錢，這是大阪人的壞習慣。只要說好漂亮，顏色很不錯就夠了。」

「喔，是喔。好漂亮，好漂亮，好漂亮。」

❸青木原樹海是山梨縣富士山北麓的大原生森林。

「不需要說那麼多次。」

「雖然很漂亮，但可不可以請你移過去一點，我不想被花刺刺到。」

本間發現鐵平在調侃他，不禁有點生氣。鐵平和郁夫在阿忍後方哈哈大笑起來。

他們很快就到了飯店，完全不是阿忍他們剛才繞圈子的地方。他們一走出車站，就完全搞錯了方向。

辦理完入住手續後，阿忍和鐵平他們先去房間放行李。本間在晚餐之前先去附近逛一逛。

他們的房間是在同一個樓層的單人房和雙人房。阿忍走進自己的單人房，一換好衣服，立刻拿起了電話。

「你好，這裡是中西家。」

中西太太的聲音微微發抖。阿忍告訴她，已經到飯店了。

「雄太媽媽，請問妳是不是隱瞞了什麼事？」

阿忍開口問道。她可以感覺到中西太太在電話中倒吸了一口氣。

「隱瞞……請問妳是指哪件事？」

「請妳對我說實話，中西同學是不是有弟妹？他的弟妹是不是發生了什麼意外？」

中西太太沉默不語，阿忍對自己的直覺充滿自信。

阿忍從中西夫婦白天的對話，以及剛才中西先生問：「是不是歹徒？」察覺到他們家出了事。某個家人——應該是雄太的弟妹遭到了綁架。這麼一來，客廳的電話被拿走這件事也有了合理的解釋。因為中西夫婦不希望雄太接到歹徒打來的電話。那時候，雄太還不知道綁架的事。

「不，」中西太太無力地回答，「沒這回事，利廣很好。」

利廣應該是雄太的弟弟。

「雄太媽媽，請妳對我說實話。我有朋友是警察，我可以請他幫忙——」

「不，這可不行。」

中西太太尖聲回答，但這個回答反而暴露了真相。她嘆了一口氣。

「老師，請妳千萬不要報警。」

「果然……是綁架嗎？」

「對，今天早上就不見人影。中午的時候接到電話，說如果不希望小孩子沒命，就準備五千萬……」

「是熟人的聲音嗎？」

「因為聲音用儀器變過聲，所以也搞不清楚是不是熟人。」

聽說最近有些玩具可以輕鬆變聲，綁匪可能使用了這種玩具。

「為什麼不報警？日本的警察很優秀，綁匪不可能成功的。」

「但有很多小孩被撕票，就是因為家屬報了警，所以才會慘遭毒手……雖然媒體沒有報導這種案例，但我曾經聽說過。」

「這——」

阿忍原本想說「這不可能」，但還是把話吞了下去。因為她沒有立場斷言到底有沒有這種情況，而且，也無法責備為兒女擔心的父母。

「綁匪之後有沒有再和你們聯絡？」

「有。剛才接到妳電話之前，綁匪來了電話，要求我們明天中午帶著錢去鬼屋前排隊。」

「鬼屋……是什麼？」

「就是鬼屋啊，東京迪士尼樂園的鬼屋。」

「喔……」

阿忍覺得交付贖款的地點很奇怪，但綁匪應該有他的意圖。

「事情就是這樣，老師，請妳當作不知道這件事，拜託妳了。想到那孩子有什麼三長兩短……」

中西太太似乎在哭，阿忍說不出話。

3

「妳怎麼了？臉色看起來不太好，是不是不喜歡這裡的菜？」

本間停下拿著刀子的手問道。阿忍他們正在飯店地下樓層的法國餐廳吃晚餐。

「不，沒事……」

阿忍不置可否地回答後，把肉送進嘴裡，但食不知味，她滿腦子想著那件事──綁架案。即使本間大談關於料理的知識，她也是左耳進，右耳出。

「老師吃東西的時候，不管對她說什麼都沒用。」鐵平轉眼之間就把主餐的牛排吃完了，無所事事地拿起水杯喝水調侃道：「之前吃營養午餐時，即使廣播通知找她，她也完全聽不到。」

「但是，只要有美食，不管叫老師做什麼事都沒問題。本間先生，當初老師聽到可以在高級餐廳吃飯，才願意和你相親。」

這兩個搗蛋鬼口不擇言，但阿忍無心理會他們。眼看著發生了綁架這麼惡劣的犯罪，自己卻幫不上忙。她越想越焦急。

──自己也不能擅自報警。到底該怎麼辦呢？

「老師，老師。」

本間叫了好幾次，她才終於回過神。本間一臉擔心地看著她。

「妳怎麼了？怎麼一直心不在焉？」

「雖然老師吃東西很容易進入忘我的境界，但忘我到連嘴巴都停下來，實在不像老師平時的樣子。」

笑容。

鐵平繼續耍嘴皮子，他也對阿忍今天的態度感到有點驚訝。阿忍坐直了身體，努力擠出

「我在想一些事。對了，你們明天要去哪裡？」

「關於這件事，原本打算和中西討論後再決定，但我們剛才打電話給他，他說明天有事不能出門，我還在和原田商量該怎麼辦。」

「是喔……」

雄太應該是被父母制止，所以不方便外出。對中西家來說，明天是很重要的日子。

「那也沒辦法，你們明天就在飯店溫習功課吧。」

「什麼？」那兩個搗蛋鬼從椅子上滑了下來。

「開什麼玩笑，難得出來旅行，做什麼功課。我和原田已經決定好了。」

「你們要去哪裡？」

「迪士尼樂園。」

聽到鐵平的回答，阿忍情不自禁地從椅子上站了起來。「你說什麼？」

「妳沒聽到嗎？我們要去東京迪士尼樂園，說起來很丟臉，我和原田還沒去過。」

「不行，」阿忍搖著頭，「你們不能去那裡，改去其他地方吧。」

「為什麼不行？」郁夫在一旁問道。

阿忍當然不可能告訴他們，明天是中西家要交付贖款的日子。

「因為……那裡有太多可以玩的地方，玩過頭的話，你們會變笨蛋。」

「這也太離譜了。」

郁夫動作誇張地扭著身體，鐵平也嘿嘿笑著。

「即使變笨我也無所謂，所以我要去迪士尼樂園玩。」

「你們不是說要去東京巨蛋嗎？那就明天去吧。哇，好開心喔，東京巨蛋有意思多了。」

阿忍在胸前拍著手，但鐵平很乾脆地回答說：「明天不行，明天沒有熱身賽，既然沒有比賽，去了也沒有用。」

「嗯嗯。」阿忍發出呻吟，如果繼續堅持，恐怕會引起懷疑。那兩個小鬼的直覺向來很敏銳。

「老師，妳朋友的婚禮是後天吧？這麼說，妳明天有空囉？」

本間安靜了一會兒，看到大家都沒有說話，立刻插嘴問道：「怎麼樣？明天要不要開車去橫濱玩？晚上的海灣大橋很美喔。」

「海灣大橋？」

「對，如果妳不喜歡橫濱，隨便去什麼地方都行。」

聽到他這麼說，阿忍下定了決心。

「本間先生，那我也想去迪士尼樂園。」

「啊？」本間露出絕望的表情，「四個人一起去嗎？」

鐵平他們也很驚訝，呆然地張大了嘴，阿忍搖搖頭。

「我們各走各的，你們也希望這樣吧？」

「好啊，老師偶爾也想約會一下，我們不會告訴新藤先生的。」

鐵平說話沒大沒小，郁夫也調侃本間說：「帥哥，加油囉。」

阿忍當然不是想約會，她只想去交付贖款的現場監視。雖然她對眼前發生的事束手無策，但與其整天苦惱，還不如付諸行動。她原本打算一個人去，但她知道自己經常搞不清東西南北，沒有自信可以準時到達。

本間不知道阿忍只是把他當成帶路人，忍不住竊喜，還在鐵平他們的慫恿下，請他們吃了冰淇淋。

4

翌日早晨，本間在約定時間準時出現。鐵平他們已經出發了，阿忍和本間只喝了一杯咖啡，就走去了車站。

「為什麼搭電車？開車比較輕鬆啊。」

本間有點不滿。可能他很期待兩個人開車去兜風。

真正的原因是阿忍擔心開車會捲入塞車的車陣中。她必須在正午之前趕到迪士尼樂園，不，要趕到鬼屋前。

走在東京街頭，她充分感受著東京的空氣。雖然街道和大阪一樣擁擠，但有一種和大阪不同的震撼。大阪的人潮就像是瀑布，在用力衝撞的同時，帶走了一切；相較之下，東京的人潮是海嘯，整體蘊藏著一股很大的力量，形成了巨浪。那些標新立異的人即使能夠抵擋瀑布，在海嘯面前卻無能為力。

阿忍不由得想起了中西家的情況。他們來到東京後，物質生活變得豐富，擁有的財力讓綁匪一開口就勒索五千萬的贖款，他們也有能力支付這筆錢，但在得到豐富物質生活的同時，似乎也因此犧牲了家人之間的感情。這種想法難道是源自自己酸葡萄心理？

「老師，妳從昨天開始，就根本沒在聽我說話。」站在中央線的月台上時，本間苦笑著說：「簡直就像是一具行屍走肉，妳的心思全都留在大阪嗎？」

「不，才沒有。」

阿忍笑了笑，這是她今天早晨起床後的第一個笑容。

「本間先生，我覺得東京人太了不起了。」

「是嗎？」

「大家在等電車的時候都會乖乖排隊，大阪根本不可能有這種情況。」

「這也讓我很傷腦筋。」本間皺著眉頭，「即使我乖乖排了隊，電車一來，所有人都擠到車門前。大阪人的活力，或者說是厚臉皮真是令人嘆為觀止。」

「真丟臉。我在想，會不會是因為東京人覺得為搭電車這種事競爭根本是浪費精力，因為東京人總是在其他事上和別人競爭。」

「有道理，根本不值得在這種事上耗費精力，也許真的是這樣。」

本間似乎深有同感，頻頻點著頭。

他們在東京車站換京葉線後，在舞濱站下車，很快就到了迪士尼樂園。售票處前大排長龍，他們排了很久，好不容易來到窗口前，阿忍看到門票的價格，驚訝地張大眼睛。

「只不過是遊樂園，居然要好幾千圓，日本人太奢侈了。」

「這代表這個遊樂園有這樣的價值，不過，真的很貴。」

走進迪士尼樂園，阿忍驚訝的不是裡面的遊樂設施，而是到處人山人海。因為剛好是春假，又是星期六，所以放眼望去，到處都擠滿了人。

「本間先生，現在幾點了？」

「呃，十一點四十分。」

「不行，本間先生，我們要加快腳步。」

阿忍拉起他的手。本間被她握著手，不禁暗自高興，問她：「妳有特別想玩的嗎？」

「對，我要去鬼屋。」

「呃……」

本間露出為難的表情停下腳步。「老師，今天這種日子去排這麼熱門的遊樂設施太沒道理了，光是排隊就會耗上一整天，我們去人比較少的地方玩吧。」

「那怎麼行？如果你不想去，我一個人去。」

阿忍邁開了大步。

「請等一下。我去，我去。」

本間也慌忙跟了上來。

但是，他說得沒錯，鬼屋前人滿為患，隊伍排得很長，一眼望不到盡頭。阿忍停下腳步，仔細觀察著隊伍。

「這到底是怎麼回事？如果不排這麼長的隊，日本人就不會玩了嗎？」

「對啊，所以我們別玩這個了。」本間在旁邊說道，「米奇公館和鄉村頑熊劇場很不錯，每次都沒什麼人。」

阿忍終於找到了隊伍尾，站在不遠處觀察著。隊伍旁豎了一塊牌子，上面寫著「現在還要等待一小時十分鐘」。

「妳是不是想放棄了？」

就在本間說話時，一個眼熟的女孩排在隊伍的最後面。她是雄太的姊姊中西景子。她穿了一件牛仔褲和棒球夾克，肩上揹了一個黑色大皮包。

阿忍立刻意識到應該由景子負責送贖款。她肩上的皮包看起來很鼓，裡面應該放了五千張一萬圓。

「本間先生，走吧。」

聽到阿忍這麼說，本間露出「還是要去排隊啊」的表情跟了上去。

才一眨眼的工夫，景子身後已經有不少人排隊了。阿忍就在她身後幾公尺的地方監視她。目前還沒有綁匪和她接觸。

「現在幾點了？」

「呃，十一點五十五分。妳為什麼一直在意時間？」

「不，也沒有……」

阿忍含糊其詞時，響起一個意想不到的聲音。

「老師，妳的個性這麼急，沒想到會在這裡排隊。」

阿忍驚訝地抬頭一看，田中鐵平正笑嘻嘻地看著她。原田郁夫也在旁邊。

「咦？你們什麼時候冒出來的？」

「我們剛到，看到妳在這裡，硬擠過來的。本間先生，昨天謝謝你。」

「不客氣……」本間一臉呆然。

這兩個小鬼出現的真不是時候——阿忍想要咂嘴，但突然想到一個好主意，對鐵平說：

「我有一件事要拜託你們，你們願意幫忙嗎？」

「要看情況囉。」鐵平說。郁夫從背包裡拿出遊戲機，正在專心地打電動。

「不是什麼困難的事，前面不是有一個綁馬尾的女孩嗎？」

「紅色夾克的那個嗎？」

鐵平看著阿忍手指的方向後問。他似乎不認識景子。

「對，你們去她旁邊，好好觀察有沒有人靠近她。我現在暫時不能告訴你們理由。」

「這個拜託有點奇怪，沒關係，晚一點再告訴我們理由就好。」

鐵平說完，就帶著郁夫往前擠。他們一臉好像有朋友在前面的態度，落落大方地往前走，所以沒有人制止他們。原來這就是大阪人的厚顏無恥，阿忍不由得感到佩服。

「忍老師，這到底是怎麼回事？」本間終於一臉不悅地問，「妳好像有事在隱瞞我，請妳坦誠告訴我，為什麼要這麼做？」

看來無法繼續隱瞞下去了。如果本間情緒激動，被綁匪看到就慘了。阿忍壓低了嗓門，「不瞞你說──」本間聽了來龍去脈後，倒抽了一口氣。

「綁架？」

「噓！」阿忍把食指放在嘴唇上，「所以我們要悄悄地在這裡監視。」

「好，那我來協助妳。」

本間彎下高大的身軀，雙眼注視前方，但這樣反而不自然，阿忍很擔心會被綁匪發現。

排了很久，終於走進了建築物內部，但綁匪似乎仍然沒有和景子接觸。他們和景子之間的距離更拉開了，幸好鐵平他們的背包一直出現在她附近，所以阿忍暫時感到放心。

「綁匪為什麼選在這種地方？」本間問。

「我也不清楚，可能想利用這裡人多擁擠吧，我們光是監視就這麼吃力了。」

「真可惜，沒有報警，希望我們能夠掌握綁匪的線索。」

「但是，首先希望雄太的弟弟平安回家，如果貿然行動，導致不堪設想的後果……」

「對啊，所以我們要謹慎一點。」

終於輪到他們坐上像膠囊一樣的車子了。車子將載著遊客參觀鬼屋。每輛膠囊車上可以坐一到三個人。

景子獨自坐上一輛膠囊車，鐵平和郁夫坐上她後面那輛車。阿忍他們的車子離他們很遠。

「哇，真是太可怕了。」

當幽靈出現時，本間忘記了原來的目的，發出驚嘆的叫聲。這裡不是用粗糙的假人嚇人，而是利用立體影像等機關的逼真幽靈接二連三地出現在遊客面前，阿忍的目光也忍不住被吸引了。況且，他們離景子的膠囊車很遠，根本不可能監視她。

經歷了一場驚悚之旅後，膠囊車終於抵達終點，在工作人員的引導下走下車子。

「啊，忍老師，妳看……！」

聽到本間的叫聲，阿忍往前方一看，發現景子茫然地站在那裡。鐵平他們也在不遠處。

「啊！」

阿忍也叫了起來。因為景子的皮包不見了。

5

阿忍追上了鐵平他們，問他們有沒有發現任何異常。鐵平搖了搖頭說：「好像沒有。」

「什麼嘛，你說得很沒自信。」

「因為我只顧著看幽靈啊。老師，那些機關真逼真，外國人的設計果然厲害。」

「笨蛋，現在不是討論這種事的時候。」

景子搖搖晃晃地走了出去。中西夫婦等在出口的不遠處，雄太也在。

「本間先生，可不可以請你帶他們兩個去別的地方等我？我馬上就去找你們。」

阿忍拜託道，他露出了然於心的表情點點頭。

「好，那我們去那家餐廳等妳。」

阿忍目送他們離開後，跟著景子走向中西夫婦。中西太太立刻發現了她，露出驚訝的表情。

「老師……」

「對不起，我還是很擔心，所以來看一下。」

「對不起，讓妳操心了。」

中西先生向阿忍點了點頭，看著女兒問：「皮包呢？那些錢怎麼了？」

「我……搞不清楚發生了什麼事。」

景子露出茫然的表情。

「怎麼回事？妳給我好好說清楚。」

「我一坐上膠囊車，就很想睡。當我醒過來時，已經到了終點，皮包也不見了……」

「妳說什麼？怎麼可能有這麼荒唐的事？妳好好想想，有沒有想起什麼？」

中西先生抓著景子的肩膀用力搖晃。景子拚命搖頭。

「老公，你不要動粗，你鎮定一點。」

「我怎麼可能鎮定？這關係到利廣的生命！萬一錢被拿走了，利廣卻沒有回來怎麼辦？」

這時，雄太「啊！」地叫了一聲，指著姊姊衣服的袖子問：「這是什麼？」

仔細一看，景子的袖子上用膠帶黏了一張白紙。

「這個符號是什麼？」

中西先生把紙拿下來，遞到雄太面前。雄太回答說：

「這是走失兒童服務中心的標誌。」

「走失兒童服務中心……喔！」

中西先生輕聲嘀咕後衝了出去。阿忍也和中西太太他們一起跟在他的身後。

來到走失兒童服務中心，中西利廣果然在那裡。他差不多是讀幼稚園的年紀，臉上不見疲憊，正在開心地看米奇的動畫。

中西夫婦抱著年幼的兒子，不顧旁人的眼光哭了起來。有人看到他們在大庭廣眾之中哭泣，忍不住竊笑。這也難怪，因為那些路人不知道他們內心的煎熬。

問了工作人員後，發現並不是有人把利廣送來這裡，而是利廣自己走進來的。工作人員說，他很鎮定，完全沒有露出不安的表情。

「利廣，趕快告訴爸爸，到底是誰把你帶走的？」

中西先生問，利廣默默地從短褲口袋裡拿出一個信封。中西先生接過信封，拿出裡面的信紙。阿忍也在旁邊探頭張望，信上的字故意寫得很潦草。

信的內容如下。

「五千萬已經收到了，對平民百姓來說，是一大筆錢，但仁兄賺取了龐大的利益，就當作是環報回饋鄉里吧。

如約把令郎歸還，但請務必遵守我方的指示。在此重複如下：

・晚上六點以前，不得離開迪士尼樂園。

・除了不得報警，也禁止和外界聯絡。

我方目前仍然持續監視你們。如果不遵守我方指示，將立刻採取報復，請勿辜負我方的期待。」

中西先生看完之後四處張望，可能覺得綁匪正在某處監視他們。

「老公，怎麼辦？」

中西太太害怕地看著丈夫。

「嗯，那就先遵從對方的指示，即使現在報警，也不見得能夠抓到綁匪。」

「但是，錢……」

「錢的事就別提了。」

中西先生咬著唇，把手放在利廣頭上。「錢的事不重要，至少目前一家人都平安無事。」

「老公……」

聽到丈夫這麼說，中西太太眼中泛著淚光。

「呃，既然綁匪可能在某處監視，我最好別和你們在一起。」

阿忍說，中西先生皺起眉頭。

「但是，對方可能已經看到妳了。」

「對，但即使被他們看到，他們也只會監視我而已。別擔心，我在六點之前不會離開這裡，也不會和外界聯絡。」

「是嗎？」

中西先生想了一下說：「那就先在這裡分手，我們會在園區內慢慢消磨時間。」

「我也覺得這樣比較好。」

「對不起，讓妳擔心了。」中西夫婦向阿忍鞠躬，阿忍轉身離開了。走了幾步後回頭一看，發現他們一家五口在排隊買爆米花。

6

一走進餐廳，本間就看到了她，對她揮著手。鐵平他們也和本間在一起。

「怎麼這麼晚？情況怎麼樣？」

阿忍走過去時，本間立刻開口問道。得知小孩子平安歸來時，他就像自己的事般地鬆了一口氣。「真是太好了，不，這是最重要的。」

「本間先生，我有點口渴，你可不可以幫我去拿杯飲料？」

「啊？喔，好啊，妳想喝什麼？」

「我想想，那就拿你覺得最好喝的飲料吧。」

「這個要求好難，我會難以決定。」

「嗯，那你就好好想一想。」

「嗯，到底什麼飲料比較好呢？」

本間嘴裡嘀咕著，快步離開了。阿忍目送他離開後，走向鐵平他們說：「喂，我問你們。」

「什麼事？」兩個人同時抬起頭。

「把你們的背包拿給我看。」
兩個小鬼頓時臉色大變。
「裡面沒裝什麼東西啊。」鐵平說。
「都是一些破爛。」郁夫接著說道。
「你們瞞不了我，我已經什麼都知道了，差一點就被你們騙了。」
阿忍說，他們兩個人互看了一眼，露出奸笑。
「還是被老師發現了，忍老師不愧是名偵探。」
鐵平說完，兩個人交出了背包。阿忍接過背包一看，果然不出所料，鐵平的背包裡放著景子的黑色皮包，郁夫的背包裡放著壓扁的海灘球。
「我果然沒有猜錯，這到底是怎麼回事？你們解釋一下。」
「老師，妳不要這麼急嘛，我和原田是受中西的拜託。昨天在他家的時候，妳不是去廁所嗎？他就是那個時候拜託我們。」
「他拜託你們什麼？」
「他問我們願不願意協助他們的綁架遊戲。先要打一通恐嚇電話。」
鐵平從背包裡拿出一個小型錄音機，打開了開關，立刻傳來要求五千萬圓贖款和交付贖款方法的指示。
「這是中西給我的，昨天妳迷路打電話時，我也用其他的公用電話打到中西家，放了錄音帶的內容。」

阿忍想起那時候郁夫說鐵平去尿尿，的確不在。

「然後呢？」阿忍急著問。

「接著，就是照顧了利廣一晚上。傍晚之前，由中西姊姊的朋友幫忙照顧，然後由那個人把利廣帶來飯店。之後，我們把他藏在房間裡，反正可以叫客房服務送食物來，也有遊戲機，利廣很乖，也沒有吵。今天早晨，我們一起離開飯店，帶他來這裡。」

怎麼會這樣？阿忍咬牙切齒。昨天晚上，她為了綁架的事擔心得一整晚都沒睡好，沒想到利廣就在隔壁房間。

「最後是這個嗎？」

阿忍拿起皮包和海灘球。

「很好玩啊。」鐵平和郁夫開心地相互點著頭。「中西的姊姊在出門前，把現金從皮包裡拿出來，裝了一個吹了氣的海灘球進去。坐上膠囊車後，就把海灘球的氣放掉，和皮包一起揉成一團。走下膠囊車後，立刻交給我們。因為妳就在後面，所以那時候真的很緊張，怕被妳發現。」

「但是，你們知道我得知了綁架的事嗎？」

「當然啊，因為中西通知我們了。」

所以，他們知道自己昨天晚上突然說要去迪士尼樂園的理由。阿忍想到這裡，就又氣又惱。

「老師，那妳是怎麼知道的？」

郁夫問。阿忍咳了一下，從皮包裡拿出一封信。

「這是中西前不久寫給我的信，你們看，『環境』寫錯了，他把『環』寫成了還報的『還』。剛才看到綁匪寫的信，發現把『還報』的『還』寫成了環境的『環』。中西以前就經常把『環』和『還』這兩個字搞錯，所以我就想到了。」

「是嗎？看來以後要好好學漢字。」

郁夫嘟囔後，又拍著手搞笑地說：「老師的推理太厲害了，了不起、了不起。」

阿忍推開他的手說：

「我的話還沒有說完，動機到底是什麼？他們為什麼要這麼做？」

鐵平用力抓著頭問：「老師，妳完全猜不到理由嗎？妳應該已經隱約察覺到了吧？」

「我不知道啊。」

「中西他們家來到東京後，好像就出了很多問題。雖然家裡很有錢，但他爸和他媽的感情瀕臨破裂，已經談到了離婚的事，現在只是在吵要怎麼分配孩子。」

「已經到這個地步了啊。」

「於是，中西和他姊姊就在想，有沒有什麼方法可以讓他們父母再次團結，就想到了綁架遊戲。為了救孩子，他們不得不團結。中西他們期待，父母可以經過這件事破鏡重圓。」

「原來是這樣……」

阿忍不禁有點難過。因為她知道雄太很煩惱，所以才會來東京，沒想到他正在拚命尋找解決方法。

「得知我們要來，他們決定執行這個計畫。如果有人報警，他們打算立刻中止計畫。雖然現在成功了，但接下來才是很大的問題。他們坦承一切後，會被他爸媽罵，他們可能在挨罵之後，再請他們的爸媽重新考慮離婚的事。」

「是嗎？希望他們一切順利。」

「中西告訴我，」郁夫難得語氣沉重地開了口，「如果最終還是無法解決父母感情的事，那也無可奈何，他們只好認命，但希望全家人可以在最後一起出遊。因為想要製造這樣的回憶，所以才會挑選迪士尼樂園，尤其是利廣，他完全沒有這方面的回憶。」

「是喔……」

阿忍回想起剛才的景象，他們一家人看起來感情很好。

「別擔心，他們一定沒問題的。」

阿忍用力說道。

「不好意思，讓妳久等了。」

本間走了回來，他手上的托盤上放了好幾種飲料。「我把那裡的飲料全都拿來了，請妳選自己喜歡的。」

「謝謝。」鐵平他們伸手拿了飲料，阿忍拿了柳橙汁。

「沒想到你們來東京，捲入了這麼麻煩的事件，接下來要怎麼辦？」本間問。

「我們明天要去東京巨蛋球場。」

「不，要去原宿。」

「我沒問你們。老師，妳明天晚上有空吧？要不要一邊吃飯，一邊研究一下這起事件的解決方案？」

「好啊。」

阿忍托腮說道。明天是朋友的婚禮，她要在婚禮上致詞。

阿忍開始思考要對這些新人說什麼。

忍老師住院了

1

畑中弘是田中鐵平和原田郁夫的小學同學。週六放學後，畑中在校門口約了他們兩人。
「要不要一起去吃大阪燒？」
鐵平和郁夫不約而同地把雙手插在口袋裡，又不約而同地搖了搖頭。
「我沒錢。」鐵平說。
「我也沒錢。」郁夫說。
畑中猶豫了一下，似乎下定了決心說：
「沒關係，我請客。」
「喔？」
鐵平和郁夫瞪大了眼睛，異口同聲叫了起來：
「你怎麼了？該不會發燒了？」
鐵平準備伸手去摸他的額頭，畑中閃開了。
「只是剛好有筆額外的進帳，怎麼樣？你們不想去也沒關係。」
「去啊，去啊。」
郁夫搓著手，鐵平也捏著畑中的肩膀拍馬屁說：

「只要是你想去的地方，即使是天涯海角，我們都會跟你走。」

走進大阪燒店，畑中說他們可以隨便點自己想吃的食物，郁夫點了加入所有配料的特製大阪燒，鐵平點了份量超大的特大炒麵。

「你說的額外進帳是什麼？」

鐵平幾乎一口氣吃完了差不多有兩人份的特大炒麵，用牙籤剔著牙問道。

「嗯，不值得一提啦。」

畑中似乎沒什麼食慾。他點了一個普通份量的大阪燒，卻吃得很慢。

「你的親戚給你零用錢嗎？」原田郁夫問。

「嗯，差不多吧。」

「真羨慕啊，我爸爸說，我家親戚很多，但那些親戚只會上門來借錢。」

郁夫說著，把最後一片送進嘴裡。

吃完之後要付錢時，畑中拿出皮夾。鐵平在一旁探頭張望，忍不住噓地吹了一聲口哨。畑中的皮夾裡放了好幾張一萬圓的大鈔。畑中用身體擋住了皮夾，看著皮夾內想了很久。

「那我們去外面等你。」

郁夫可能擔心畑中反悔，急著想要離開。

「等一下，」畑中叫住了他們，「對不起，可不可以請你們一人出兩百圓，我的錢不夠。」

「錢不夠……你不是有好幾張萬圓大鈔……？」

郁夫不滿地嘟起了嘴，鐵平伸手制止了他：
「兩百圓應該有啦，那我們就出吧。」
「是沒問題啦。」
兩個人分別拿了兩百圓交給畑中。
「對不起，我說好要請客的。」畑中又拿出自己的錢，一起結了帳。
「他好像有點不太對勁。」
在大阪燒店門口和畑中道別後，鐵平對郁夫說。
「真的很奇怪。」郁夫也表示同意，「小氣鬼畑中居然會請客，實在太不尋常了。不過，最後要我們出兩百圓，就很像他的小氣風格。媽的，早知道要自己出錢，就不需要對他說那麼多好話了。」
「那些錢是怎麼回事？真的是別人給他的嗎？」
鐵平嘟囔道，郁夫停下腳步，張大眼睛。
「他雖然很小氣，但不至於偷別人的東西。」
「這我當然知道，」鐵平點了點頭，笑了起來，「算了，可能是他的親戚賣了土地吧。」
「對啊，他的很多親戚都是土財主。」
兩個人表面上似乎接受了這個事實，不再討論這個話題，但雙方都從對方的臉上發現了難以釋懷的表情。

他們一起走去竹內忍的公寓。阿忍是他們小學的恩師，目前正在大學深造，學習教育學的課程。他們只有在考試前，或是有很難的功課時，才會去找阿忍。因為他們想要找阿忍臨時抱佛腳。

沒想到阿忍不在家，但有一個長得和阿忍很像的圓臉中年婦女。

「你們就是田中和原田嗎？我曾經聽阿忍提過你們。」中年婦女是阿忍的母親。「一看你們的臉，就知道很不好教，難怪阿忍會傷透腦筋，哇哈哈哈。」

她豪爽地笑了起來，鐵平問她：

「呃，請問忍老師呢？」

「阿忍嗎？她住院了。」

「住院？」兩個人驚叫起來。

「沒什麼大礙，肚子上劃了一小刀而已，現在只要等屁放出來就行了。」

說完，她又張開嘴巴笑了起來。

2

半夜突然劇烈疼痛。

那時候，阿忍已經躺在被子裡，快要睡著了。

肚臍周圍越來越痛，甚至有想嘔吐的感覺。這時，阿忍腦海裡閃過一個念頭。

——慘了，果然壞掉了……

晚餐時，她覺得火腿的味道不太對勁，但覺得反正吃了也不會死人，就大口吞了下去。

阿忍痛苦地呻吟著走去廁所，但沒有排便，只有汗水不停地流。她回到被子裡，再度躺了下來。她覺得只要睡一覺就好了，之前也曾經好幾次半夜肚子痛，但只要睡著了，第二天早上就不藥而癒了。她對自己的腸胃很有自信。

但是，下腹部的沉重壓力和腰部的劇痛久久無法消失，而且，疼痛的區域越來越大，最後痛得整個下半身都麻木了。

她呻吟了一整晚都沒睡好，疼痛不僅沒有消失，只要稍微移動一下，就痛不欲生。她摸了摸疼痛發源地的右下腹，發現那裡硬邦邦的。她輕輕按了一下，痛得她差點昏過去。

——不行，這不是吃壞肚子，而是更嚴重的病。

和昨晚不同，阿忍一下子變得虛弱起來，皺著眉頭，爬到電話旁。她拿起電話，按了電話號碼。她打電話回老家。

——你們在幹什麼啊，趕快來接電話。再不接電話，你們的女兒就快死了。

這種時候，都會覺得電話鈴聲響很久。阿忍痛得在榻榻米上打滾。

「喂，喂，這裡是竹內家。」

電話終於接通了，傳來母親妙子的聲音，但阿忍無法立刻發出聲音，忍不住先呻吟起來。

「喂？誰啊？是惡作劇嗎？我正在忙，沒工夫搭理。」

妙子尖聲說道。

「嗚，媽，是我——」

阿忍呻吟著求救。

「啊、啊、啊？喔，阿忍，原來是妳，妳發出什麼怪聲音？好久不見了，最近好嗎？」

妙子完全狀況外地問道。阿忍很想反問母親，我這樣還算好嗎？但她根本沒有力氣。

「媽，救命，我肚子好痛。」

母親聽到她的求救也不為所動。

「肚子痛？只要去拉一泡大便就解決了，趕快去蹲馬桶吧。」

「我去了，但拉不出來。而且，這種痛和平時不太一樣。」

「怎麼不一樣？」

「我也說不清楚，下腹部很硬，硬邦邦的，我想——」

「喂，老公。」

阿忍的話還沒有說完，妙子就在電話那一頭和別人說話。那個人當然是阿忍的父親茂三。他似乎還沒有出門上班。「阿忍打電話來……不是，不是，她不是找你聽電話，她說她肚子痛，下腹部很硬……大便？她說大不出來……呃、右邊？右下腹？——喂、喂，阿忍，妳有在聽嗎？」

「嗚——」

「妳是右下腹痛嗎？」

「好痛。」

「她說她很痛……啊，那問題可大了。喂，阿忍，妳爸說，可能是盲腸有毛病。」

「我當然知道。我知道，妳幫我叫醫生。」

阿忍聽到妙子在電話那頭尖叫的聲音，當場癱了下來。

——真的費了好大的工夫，早知道就自己打電話去醫院了。

阿忍躺在病床上，聽著收音機，回想起昨天的事。肚子痛的原因果然是急性闌尾炎，立刻動了手術，然後直接住了院。

「喂，我說妳啊。」

隔壁病床傳來聲音。隔壁病床躺了一位老婆婆，把一頭白髮盤成髮髻。這是雙人病房，阿忍住進來時，這位老婆婆就已經住在病房了。

「婆婆，請問有什麼事？」

阿忍覺得要尊老，更覺得對方在這個病房比自己資深，所以努力用親切的聲音回答，但那個婆婆閉著眼睛，噘著下唇說：

「收音機的聲音可不可以關小一點？吵死了，我根本沒辦法睡。」
「啊，對不起。」
阿忍急忙把音量關小聲了。
「唉，年輕人真好。」
老婆婆故意大聲嘆氣。
「即使住院也有很多樂趣。像我們這種老人，整天都提心吊膽，不知什麼時候翹辮子。」
「怎麼會呢？婆婆，妳看起來精神很好啊。」
「怎麼可能精神好？」
老婆婆故意咳了幾下，「原以為病房只有我一個人，可以好好休息，沒想到又塞進來一個人。」
她似乎不太滿意阿忍和她同住一個病房。
「真對不起。」
「對了，還有，不要叫我婆婆，我可不是妳的什麼婆婆。」
「……我知道了，對不起。」
死老太婆。阿忍道歉時，心裡忍不住罵道。
老婆婆對護士也是這種態度。她一下子說床睡得不舒服，一下子說太陽太曬了，整天找麻煩，但身材像女子摔角手的資深護士對這種病人早就見怪不怪了，根本不當一回事。

「請問婆……藤野女士生了什麼病？」

午餐時，阿忍問護士。那個老婆婆姓藤野。

「泡芙啦。」

回答的不是護士，而是老婆婆。

「泡芙？」

「帶狀泡芙，肚子周圍長了很多濕疹。」

「是帶狀皰疹。」

護士笑著糾正她，老婆婆生氣地說：「還不是一樣。」

阿忍吃完和離乳食品差不多的午餐後不久，病房門被人用力打開，一個男人衝了進來。

「老、老師，忍老師，妳、妳、妳沒事吧？」

進來的是新藤。雖然他瘦巴巴的，看起來像三流演員，但他是大阪府警的刑警。

「咦？新藤先生，你怎麼知道我住院了？」

「只要是妳的事，我統統都知道。」

新藤在混亂之中，伸手想要握住阿忍的手，阿忍立刻把手縮回毛毯。這時，病房門口出現了另外兩個訪客。

「沒想到老師也會生病，不過，盲腸炎根本不算是病。」

田中鐵平和原田郁夫一副討人厭的樣子走了進來。

「屁放出來了嗎？」

鐵平問。阿忍把枕頭丟了過去。

他們告訴阿忍，是從妙子口中得知了她住院的事。

「但光是我們兩個人來探病，老師也不會給我們好臉色看，所以就通知了新藤先生。」

原田郁夫一副立了大功的表情，他一定打算向新藤勒索什麼禮物做為提供情報的回報。

「妳的身體怎麼樣？」新藤一臉擔心地問：「手術應該成功吧？」

「現在動盲腸手術怎麼可能失敗，託你的福，我很好。我一笑，傷口就會很痛。」

「真的嗎？」田中鐵平雙眼發亮，「老師，妳想不想聽笑話？」

「不必了。」

「妳不必客氣嘛，真的很好笑。我跟妳說，原田上次——」

「啊——啊，我不想聽。」

阿忍正想用毛毯蓋住頭，隔壁病床又傳來了說話聲。

「唉，年輕人真好。都有人來探病，被捧在手心。」

新藤和鐵平他們看向隔壁病床。老婆婆仍然板著臉。

「咦？原來是菸店的婆婆。」

鐵平叫了起來。老婆婆的眼珠子轉動起來。

「我就在想，這個聲音很耳熟，原來是田中家的小鬼。」

「婆婆，妳也住院嗎？哪裡不舒服嗎？」

「全身都不舒服，全身沒一樣東西是好的，很快就要翹辮子了。」

鐵平哈哈大笑著，轉頭看著阿忍說：

「這是婆婆的口頭禪，妳千萬別當真。」

阿忍在心裡回答，誰都不會當真。這時，又走進來一個新的訪客，但並不是來看阿忍的。

「情況怎麼樣？」

穿了一件開襟衫的禿頭老人好像是老婆婆的老伴。

「慢慢好轉了，醫生也說，已經好很多了。」

她對丈夫說話時語氣很正常。

「是嗎？那就太好了。」

老爺爺坐在病床旁的椅子上，看著阿忍他們。「今天真熱鬧。啊……你是田中家的？」

他發現了鐵平。「你好。」鐵平向他打招呼，也向他介紹了阿忍。

「是嗎？原來是大路小學的，喔，我知道。」

老爺爺不感興趣地點點頭。

「老公，你有沒有帶我的換洗衣服？」

老婆婆問，老爺爺舉起黑色的塑膠袋子。

「有啊，帶來了。」

「謝謝，辛苦了，放在那裡吧。」

老爺爺把塑膠袋子放在窗邊的架子，但有點心神不寧，好像想說什麼。

「怎麼了？發生什麼事了嗎？」

「不，沒事。」

老爺爺摸著好像雞蛋般的腦袋，坐回椅子上。

「啊，對了，今天是丟垃圾的日子，你有沒有把垃圾拿出去？」

「啊？喔……妳是說垃圾，嗯，拿出去了。」

「你在發什麼呆，是不是有點癡呆了？」

聽到老婆婆的話，鐵平和郁夫都噗哧笑了起來。

老爺爺緩緩站了起來。

「我走了。」

「什麼？不是才剛來嗎？這麼快就要回去了嗎？」

「既然來了，就多坐一會兒嘛。」

阿忍也在一旁說道，但老爺爺微微舉起一隻手說：

「但我要照顧店裡——那我明天再來。」

「路上小心。」

聽到老婆婆的叮嚀，他點著頭，走出了病房。

原田郁夫走到阿忍旁邊，掩著嘴小聲說：
「我覺得反而是老爺爺看起來像快要死了。」
「笨蛋，會被人聽到啦。」
阿忍皺著眉頭斥責道。
「已經聽到了。」
老婆婆狠狠地瞪了他一眼。

這天傍晚，老婆婆說忘了請老爺爺帶東西，自己出去打電話。雖然帶狀皰疹對老年人來說是可怕的疾病，但只要確實治療，並不影響正常的生活。
但是，老婆婆很快就皺著眉頭走回病房。
「到底跑去哪裡了？電話鈴聲響了好幾次都沒人接。」
「可能去散步了吧。」
「他只有早上會去散步，等一下再去打看看。」
一個小時後，老婆婆又出去打電話，但這次似乎還是沒有打通。三十分鐘後，她去了第三次，結果還是一樣。
「他死到哪裡去了？」
雖然老婆婆嘴裡罵著，但還是很擔心。

「請田中去看看吧。」

阿忍拿了自己的手提包，取出通訊錄，翻到田中鐵平那一頁，遞給了老婆婆。老婆婆似乎很不願意讓她幫忙，但還是接過通訊錄說：

「那就借我用一下。」

老婆婆打電話給鐵平三十分鐘後，那個像摔角選手的護士衝了進來。護士太激動了，說話也結巴起來。

「藤野婆婆，不、不、不好了，田中那孩子打、打電話來，說妳先生被被被搶了。」

「什麼？」

阿忍也和老婆婆一起驚叫起來，手術的傷口一陣疼痛。

3

藤野家是一棟老舊的木造平房，店面後方是連續兩間客廳，客廳後面是大約一坪半大的廚房。聽田中鐵平說，後門敞開著，他從後門進入後，發現藤野與平被綁住手腳，倒在廚房，頭上套了黑色的垃圾袋，嘴巴也被綁住。鐵平嚇壞了，立刻打電話給新藤，然後才通知醫院。

「我完全搞不清楚是怎麼一回事？」

藤野爺爺面對轄區刑警的發問，搖著頭回答。「我從醫院回來，走過屋旁時，發現後門開著，我覺得很奇怪，就從後門走進廚房，一下子就被黑色袋子套住了頭。我大叫著，你想幹什麼，但對方力氣很大，把我按倒在地，轉眼之間就把我的手腳都綁起來了。我覺得對方的手法很熟練，像是老手。之後，他讓我的嘴巴從塑膠袋裡露出來，用手巾之類的東西綁住了我的嘴。我沒看清楚歹徒的臉，當時根本慌了神，完全沒有時間注意到。他綁住我之後，就馬上離開了。然後，我在這裡被綁了好幾個小時，田中家的小孩來這裡時，我真的鬆了一口氣。」

即使不是老手，也可以三兩下就綁住這位手無縛雞之力的爺爺。新藤在轄區刑警旁聽著他們的對話時想道。

警方很快就查明了歹徒進入的方法。這棟房子的後方有兩道門，從廚房到洗衣服的地方有一道門，外面還有一道，但只有外面那一道門上了鎖。而且，那把鎖很簡陋，只是用掛鉤勾住金屬板而已，門的縫隙還很大，用鐵絲或薄板之類的工具就可以輕易從外側打開。

「很難想像之前都沒有遭小偷。」

刑警觀察現場後，幾乎每個人都這麼說，但新藤覺得小偷應該會看準目標才會下手。家裡並沒有東西被偷，雖然五斗櫃和整理架有被翻動的痕跡，所幸家裡並沒有放任何貴重物品。

「我看應該不是慣竊所為。」

一個長得像狐狸般的刑警說道，「如果是慣竊，會徹底翻箱倒櫃，把房間翻得根本沒有立足之地，把所有東西都翻出來。」

「所以是生手闖空門嗎？還是說，潛入這裡是有什麼其他的目的……」

新藤問藤野與平是否知道什麼。藤野爺爺微微低著頭回答說，不知道。

4

翌日下午，新藤來到醫院，向阿忍她們報告昨天竊案的情況。由於之前已經接到轄區刑警的聯絡，得知藤野爺爺並沒有受傷，老婆婆也很鎮定地聽新藤的說明。

「真是個笨賊。」

聽完之後，老婆婆冷笑，「附近有那麼多有錢人家他不偷，偏偏跑來我們這種窮人家。」

「也可能是不費吹灰之力就可以闖進家門的關係。」

新藤很乾脆地說。

「那當然啦，反正家裡並沒有什麼值錢的東西，也不必把門鎖得很緊。」

老婆婆好像對自己的貧窮引以為傲。

「但如果不是慣竊，就有點令人擔心，是不是有什麼特殊原因，才會闖入藤野家？」

阿忍問，老婆婆在臉前搖著手說：

「正因為是生手，才會跑來我們家裡偷竊，我猜八成是小偷的實習生——啊喲，我的襯衫放哪裡了？」

說著，老婆婆把手伸進塑膠皮包，在裡面摸索著。

「有發現任何線索嗎？」阿忍問新藤。

「目前轄區的刑警正在調查有竊盜前科的人，比對現場留下的指紋，但如果是竊賊實習生，恐怕找到竊賊的機率不大。」

新藤事不關己地說道，因為這不是強盜殺人案，和府警總部搜查一課的刑警無關。

「嘿喲。」

老婆婆拿著皮包，從病床上走了下來。「我去廁所一下，讓你們兩個年輕人好好相處。」

目送老婆婆離開後，新藤誇張地皺著眉頭。

「這個老太婆真讓人頭痛，妳居然和這麼討厭的人住同一個病房。」

「她從昨天開始，就一直對我冷言冷語。」阿忍氣鼓鼓地說：「但有時候也很有意思。」

「希望妳趕快康復，等妳出院了，我請妳吃飯，不管是大阪燒還是章魚燒都隨妳挑。」

不愧是新藤，只挑平價食物請客，但阿忍皺起眉頭說：

「不要在我面前提食物，我從昨天開始，就一直在吃嬰兒食品。」

「像妳這樣的大胃王，真是受苦了。」

「你說這話是什麼意思？」

正當他們聊得很熱烈時，病房門用力打開了。原以為是老婆婆回來了，結果並不是。抬頭一看，有一個人拿著一束紅玫瑰走了進來。

「忍老師，妳的身體怎麼樣？」

以一身白西裝，手捧紅玫瑰這種奇特裝扮現身的正是新藤的情敵本間義彥。

「咦？你怎麼會來這裡？」

阿忍瞪大了眼睛。本間目前在東京的公司工作。

「明天我要來這裡出差一個星期，今天是星期天，我就提前來了。原本想看到妳健康的樣子，作夢都沒想到妳住院了。」

本間微微彎下腰，獻上了花束。

「這不重要，可不可以請你不要用這種做作的語氣說話？」

「咦？新藤老弟，」本間一臉掃興地看著情敵，「原來你也在。」

「我早就來了，老師累了，正準備休息，不要再打擾她了。我們一起走吧。」

「那你先回去吧。」

本間說完，看著阿忍露出笑容，「我才剛到，要陪著她入睡。」

「那我也要留下來。」

新藤也在椅子上抱著雙臂。

「不，新藤老弟，我勸你還是回去吧。我不是常告訴你，犯罪不分平日假日嗎？」

「可不可以請你不要叫我新藤老弟。」

「那就叫你名刑警新藤先生，你要不要回工作崗位？」
「搞什麼，一聽就知道你在嘲笑我。今天剛好我休假，我可以留在這裡一整天。」
「刑警先生要不分晝夜和犯罪作戰，哪有時間陪病人呢？這裡就交給我吧。」
「你不必客氣，這裡由我負責。」
「不，讓我來。」
「不，我來就好。」
阿忍根本沒辦法睡覺。
「我想，你們兩個人都很忙，不要管我了。」
「是嗎？你看，忍老師說話了，那我們回去吧。」
新藤抓著本間的手臂，本間用力甩開了。
「阿忍小姐，沒想到妳這麼客氣。」
什麼叫沒想到？阿忍有點火大。
「啊喲，又有新面孔啊，」藤野婆婆走回病房說道，「啊喲，這次是個帥哥。」
本間露出開心的表情說：
「我喜歡有眼光的人，這是我的一點心意。」
說著，他從花束中抽出一枝滿天星，遞給藤野婆婆。
「搞什麼，原來不是送我玫瑰花。」

說完，藤野婆婆把滿天星隨手丟掉了。新藤在一旁樂壞了。

本間清了清嗓子，似乎在調整自己的心情，轉頭看著阿忍說：

「話說回來，真是太遺憾了，原本以為這個星期至少可以和妳約會兩次，還打算下個星期六，邀妳一起去看音樂劇，連票都買好了。」

他從西裝內側口袋拿出兩張門票，在新藤面前晃了晃。

「對不起，但我躺在病床上，沒辦法去了。」

「是啊，是啊，根本沒辦法，」新藤也連連點頭，「你自己去看音樂劇吧。」

「我想和阿忍小姐一起去。」

本間把票放回口袋，這時，藤野婆婆插了嘴：

「你可不可以把票給我？」

「什麼？」

本間詫異地看著藤野婆婆，「是音樂劇，不是演歌秀，不會有杉良太郎和五木宏喔。」

「我當然知道，別把我當傻瓜，老年人也會看音樂劇，你到底想不想給我？」

「那就好人做到底，免費贈送吧。」新藤事不關己地說：「要善待老年人。」

「我先聲明，兩張票要三萬圓。」

本間對新藤露出充滿敵意的眼神後，對婆婆說：「不能免費送，想去看的人多得很。」

「我也是大阪的女人，當然不會要求你免費送我。一萬圓怎麼樣？」

「一張一萬嗎？」

「兩張一萬。」

本間身體往後一仰，「這也太便宜了，有人願意出三萬買，至少也要兩萬。」

「沒想到你人長得帥，卻這麼小氣，那就一萬兩千圓。」

「一萬八。」

「好，那就各退一步，一萬五千圓，這還是給你面子。」

本間還沒有回答，藤野婆婆就窸窸窣窣地在皮包裡摸索。本間似乎不想多說了，拿出了門票，「我真是吃大虧了。」

「你就當作是為老人做善事。」

婆婆從皮包裡拿出兩張一萬圓交給本間。本間找了她五千圓。

本間和新藤兩個人終於一起離開後，阿忍對婆婆說：

「沒想到妳這麼時髦，會去看音樂劇。妳可以在下週六之前出院嗎？」

「嗯，啊，是啊。」

婆婆不置可否地應了一聲，轉身背對著阿忍。

傍晚的時候，那位體格很壯碩的護士對婆婆說：

「藤野女士，剛才太謝謝妳了，我朋友也很高興。」

「啊、啊、啊？」阿忍瞪大了眼睛，「發生什麼事了？」

「我一直很想看一齣音樂劇，婆婆用便宜的價格賣給我，原本兩張票要三萬圓，婆婆只收我兩萬圓。」

「呃。」

阿忍說不出話，看著婆婆。婆婆把被子拉到肩膀，打著鼾，假裝睡著了。

不一會兒，藤野爺爺拎著紙袋，拿了婆婆的換洗衣服來看她。或許因為沒有任何財務損失，在他臉上完全看不到被闖空門的沮喪。聽藤野爺爺說，警方也沒有太認真調查這起竊案。

「那我明天再來。」

藤野爺爺又帶著黑色皮包回家了。

那天晚上，阿忍夢見了高中時的事。她在考數學，但因為完全沒複習，一題也解不出來，時間一分一秒過去，夢境又帶她回到黑暗的過去，而且，坐在她旁邊的竟然是藤野婆婆，正轉頭對她說：

「我把一萬五千圓的滿天星賣了兩萬圓，賺了五千圓。」

阿忍在床上翻來覆去，發出呻吟後，終於醒了。周圍有微微的燈光。啊，太好了。她鬆了一口氣。現在終於不必再考數學了。

但是，她立刻發現有什麼不對勁。空氣中有動靜。有人站在黑暗中。

「誰？」

阿忍戰戰兢兢地問，接著，床下傳來窸窸窣窣的聲音。

「是誰？」

這一次，她叫得比較大聲。這時病房的門打開，一個黑影逃了出去。

「啊，別走。」

阿忍想衝下去追人，但腹部一陣劇痛。阿忍忍不住叫了起來，她連發出叫聲都很痛。她拍了拍床，想叫婆婆起床，但婆婆睡得很熟。

她在黑暗中摸索著，終於摸到了護士鈴，用力按了下去。但是，好幾分鐘後，護士才走進病房。

5

星期一，田中鐵平和原田郁夫見到了畑中。

「咦？那不是畑中嗎？」

放學回家的路上，郁夫指著前方問道。鐵平一看，的確發現了畑中的身影。

「他在幹什麼？」

鐵平問。畑中躲在郵筒身後，不時探頭張望，然後又縮了回去。

「這傢伙真奇怪，我們繞到他背後去嚇他。」

郁夫說道，但鐵平制止了他。

「等一下，我覺得太不尋常了。」

兩人躲在旁邊的電線杆後繼續觀察畑中。鐵平覺得也許旁人以為他們幾個中學生在玩躲貓貓，但到底誰是鬼？

「啊，他走出來了。」

郁夫嘀咕道。畑中從郵筒後方走出來，快步往前走。他們兩個人也急忙跟了上去，沒想到畑中走進不遠處的派出所。

「咦？他怎麼會去這種地方，田中，這是怎麼回事？」

鐵平當然也不知道是怎麼一回事。為什麼去派出所要這麼鬼鬼祟祟？

鐵平還在思考，畑中已經從派出所走了出來，兩個人又急忙躲了起來。

「他在幹嘛？才剛進去，又走出來了。」

郁夫嘟著嘴說。畑中大步走了起來，似乎想要趕快離開這裡。

「原田，我們也去派出所看看，搞不好可以一探究竟。」

「ＯＫ！」

兩個人走去派出所，向內張望著，卻沒有看到警官。

「咦？沒有警察，在休息嗎？」

郁夫大步走進派出所，巡視著室內，「沒想到派出所裡這麼髒。」

「喂，你看。」

鐵平指著桌上，桌上放了好幾張嶄新的萬圓大鈔。

「沒想到警察真有錢。」

「笨蛋，如果是自己的錢，怎麼會放在這裡？該不會是畑中……」

他的話還沒說完，裡面的門就打開了。

「幹嘛？有什麼事嗎？」

一個看起來很凶的警官探頭問道，郁夫拔腿就跑，鐵平也跟著衝出派出所。

「我們為什麼要逃？」

轉過街角時，鐵平問郁夫。郁夫喘著粗氣回答：

「我也不知道，只是突然被警察叫住，就不假思索跑了起來。」

「但我們和新藤在一起，一點都不覺得害怕。」

「他是刑警，所以沒關係，不知道為什麼，看到派出所的警官就心裡發毛。」

「我能理解這種心情……那些錢真的是畑中放的嗎？」

「他為什麼要捐那麼多錢給派出所？」

郁夫在說話時，從房子後面探頭張望，身體抖了一下，叫了起來：「慘了，剛才的警官追過來了。」然後又跑了起來。

「我們幹嘛要逃啊。」

鐵平嘴上這麼說，但也跟著跑了起來。

6

鐵平和郁夫兩個人上氣不接下氣地跑進病房，渾身都是汗。

「你們兩個人真奇怪，幹嘛要跑來這裡？」

阿忍苦笑著說。

「因為想早一點看到老師。」

鐵平說完明顯是奉承的話後問：「發生什麼事了?我看到有警車停在醫院門口。」

「嗯，發生了一點事。」

阿忍告訴他們，昨晚有人闖入病房。

「是喔，半夜居然有小偷。」

郁夫聽了阿忍的話，偏著頭思考。

「但外人可以這麼輕易進入病房嗎？」

「大醫院的管理通常不夠嚴謹，走大門的時候會檢查，但如果走旁邊的員工出入口，幾乎暢通無阻。而且，一旦走進病房大樓，就會被誤以為是病人，不管走到哪裡都沒問題。」

「拯救人命的醫院管理這麼不嚴謹不太好吧。」

雖然郁夫才國中二年級，說話卻像大叔，「有沒有被偷走什麼東西？」

「我沒有被拿走任何東西，婆婆……藤野女士的紙袋被拿走了。」
「真的嗎？」鐵平轉頭看著婆婆。
「真是個笨賊，偷老太婆的內衣褲有什麼好玩的。」
「但藤野女士的家裡前天被闖空門，昨晚小偷又來這裡，你們不覺得藤野女士被竊賊鎖定了嗎？」阿忍說。
警方似乎也認為案情不單純，所以再三追問藤野婆婆，但婆婆堅持她什麼都不知道。
「應該只是巧合。」
藤野婆婆再度不以為然地回答。
阿忍也躺在床上接受了警方的問話，但她完全沒看清楚竊賊的長相和體型，甚至不知道是男是女，對辦案完全沒有幫助。目前也沒有其他目擊證人，刑警為此傷透腦筋。
不一會兒，本間義彥也來到了病房。護士在走廊上說：「請不要奔跑。」接著，一陣急促的腳步聲向病房走來，用力推開病房門，好像要把門拆了。
「阿忍小姐，妳沒事吧？」
本間跪在地上，探頭看著阿忍的臉。「啊，太好了，我聽到有竊賊闖入時，心臟都快要停止跳動了。」
「你太誇張了。」
原田郁夫在一旁小聲說道，但本間不為所動。

「這家醫院的保全系統太差勁了，阿忍小姐，我不能讓妳一直住在這種地方。」

說完，他咂著嘴，「應該已經鎖定嫌犯了吧？老百姓平時繳稅，就是為了在這種時候得到警方的協助，警察應該好好辦案。」

「對，刑警都很認真辦案。」

阿忍沒有告訴他目前沒有任何線索，含糊其詞地敷衍道，心想，如果新藤這種時候出現，會讓事情變得更複雜。沒想到就在這時，聽到一個熟悉的聲音。

「喔，大家都在啊。」

新藤一派輕鬆地走了進來，本間用佈滿血絲的眼睛瞪著他。

「看你這副散漫的樣子，找到嫌犯了嗎？」

新藤一進門就被嗆了一句，忍不住怒目相向。

「又不是我負責的案子。」

「這不重要，要優先偵辦這起竊案。」

「我也很想這麼做，但每個人分工不同。」

「那這起竊案由誰負責？我完全沒有看到任何警察。」

「你這麼生氣幹嘛？」

「我當然生氣啊，阿忍小姐遭到攻擊，難道你不恨嫌犯嗎？」

阿忍很想告訴他，自己沒有遭到攻擊，但看到本間佈滿血絲的眼睛，立刻閉嘴不再說話。

「我當然痛恨啊，但著急也沒有用，而且，沒有看到警官是有原因的。剛才，在這個轄區內，發現了重大事件的證據，警力都派出去調查了。」

「什麼重大事件？」阿忍問。

「偽造貨幣，也就是假鈔。最近市面上出現了假鈔，警方展開偵辦，沒想到在意想不到的地方出現了假鈔。」

「意想不到的地方？」

「出現在派出所的桌子上。巡警才離開一下子，就有人把假鈔放在桌上。目前，警力都在派出所周圍打聽情況。」

「喔，假鈔嗎？」

阿忍應了一聲，似乎並沒有太大的興趣，但覺得有哪裡不對勁，往旁邊一看。田中鐵平和原田郁夫的臉色蒼白，簡直和白粉筆的顏色差不多。

「星期六早上，我去學校的路上撿到的，就在垃圾堆裡。」

畑中弘膽戰心驚地回答。這裡是醫院的候診室，正在問話的是轄區的刑警，但阿忍、鐵平他們也在旁邊，並沒有偵訊的緊張氣氛。

「哪裡的垃圾堆？」刑警問。

「一丁目的郵局後面。」

「就在我家附近。」
鐵平瞪大眼睛。
「是怎麼掉在那裡的？」
「怎麼掉在那裡……就放在垃圾袋後面……」
「還有其他的嗎？」
「好像沒有。」
「你以為是真鈔吧？」
聽到刑警的問話，畑中用力點頭。
「我一直以為是真的錢。」
「但你沒有交去派出所。」
「對不起，」畑中低下了頭，「雖然我知道應該交給警察……」
「最後他還是交去派出所了，這樣不就好了嗎？」
原田郁夫在一旁袒護他。
「但如果只是放在派出所的桌子上很傷腦筋。」
刑警露出銳利的眼神說道。
「對不起，因為我沒有及時交去派出所，所以就……」
畑中縮成一團，讓人看了於心不忍。阿忍覺得差不多了，刑警也剛好收起了記事本。

「不管是真鈔假鈔，以後撿到之後，要馬上交到派出所。」
刑警可能在開玩笑，但沒有人笑。
刑警離開後，畑中向阿忍鞠躬道歉。
「老師，好久不見，沒想到一見面就是為這麼丟臉的事。」
「沒什麼好丟臉的，你又沒有佔為己有。」
阿忍安慰道，「話說回來，那些假鈔真的那麼逼真嗎？」
「嗯，真的超像是真的。」
畑中用力點頭，「我現在仍然不相信那是假鈔，只是紙質好像稍微薄了一點。」
「即使在大阪燒的店裡用那些錢結帳，也不會被發現嗎？」
郁夫哪壺不開提哪壺，畑中皺著眉頭。
「你別提這件事了，我會覺得揪心。」
「喔，現在越來越會說話了，果然是中學二年級的學生了。」
聽到阿忍這麼說，畑中終於恢復了往日的笑容。

7

翌日傍晚，新藤和本間一起出現在病房。

「簡直就像輝夜姬❹的故事。」

躺在隔壁病床的藤野婆婆說：「求婚者全都到齊了，但這位公主好像有點漫不經心。」

「我們訂了紳士協議。」本間輪流看著阿忍和藤野婆婆說道，「我在大阪的這段期間，不能讓他專美於前。」

「太有意思了，」藤野婆婆說：「戀愛要用策略。」

「藤野爺爺當年也用了策略嗎？」

新藤問。藤野婆婆一臉理所當然地用力點了點頭。

「當然啊，我年輕時可漂亮了，大家都叫我天神之花，有多少男人在身邊打轉，光是記住每個人的長相就昏了。至少有二十個男人說，如果我不嫁給他們，他們就活不下去了。」

「喔，是喔，是喔。」

「我也是啊，」本間對阿忍露出微笑，「如果不能和阿忍小姐結婚，我情願一死了之。」

「啊，你這傢伙，居然趁亂自我表現。」

「我才沒有趁亂表現，我是認真的。阿忍小姐，我死了也沒關係嗎？」

「無所謂啊，你去死吧。」

「我沒有問你。」

❹日本平安時代三大巨著之一的《竹取物語》的女主角。

「我是代替忍老師回答。」
「多管閒事，小心被老師討厭。」
「你這種虛情假意的做作態度更惹人討厭。」
「夠了。」
阿忍打斷了他們。他們一旦開始鬥嘴，就連阿忍也無法阻止他們，「如果想吵架，就請你們回去吧。」
兩個人挨了阿忍的罵，縮成了一團。
「嘿嘿，真不錯，你喜歡我、我不喜歡你這種事，是年輕人的專利。」
婆婆走下病床，「你們太無聊了，我去散步。」
看到藤野婆婆離開，阿忍問新藤：
「關於假鈔的事，有沒有什麼進展？」
「我來這裡之前，問了轄區的刑警，好像沒什麼進展。」
「警方是不是太怠慢了？」
本間說，新藤斜眼瞪著他。
「我告訴你，我是一課的刑警，原本就和假鈔的事沒有關係。」
「畑中的證詞可以派上用場嗎？」
眼看兩個人又快吵起來了，阿忍慌忙問。

「目前還沒有。」新藤搖了搖頭，「即使丟在那裡，也不代表嫌犯就住在那附近。不過，這是很重要的證詞，所以警方還沒有對外公佈。」

「一旦公佈，那一帶的人會對一萬圓紙鈔產生異常的懷疑，以為自己手上的也是假鈔。」

「聽畑中說，那些假鈔做得很逼真。」

聽到阿忍的話，新藤點了點頭。

「好像是用了彩色影印技術，為了使顏色和手感更像真鈔，似乎下了不少工夫。聽說最近的影印機連鈔票都可以影印。」

「假鈔有什麼特徵嗎？」阿忍問。

「沒有透視浮水印。另外，就像畑中說的，紙張比較薄，還有另一個很大的特徵，就是有好幾張號碼相同的紙鈔。因為是影印的，所以號碼當然都一樣。」

「是喔，平時在用的時候，根本不會看紙鈔的號碼，連號碼在哪裡都搞不太清楚。」

「我記得是在福澤諭吉的肖像下方。」

本間從上衣口袋裡拿出皮夾，「我覺得，無法分辨真鈔和假鈔的人本身就有問題，應該憑直覺就可以知道是真鈔還是假鈔。呃，號碼果然是在肖像的下方。」

本間把紙鈔遞到阿忍面前，讓她可以看清楚。

「咦？是新鈔喔。」新藤在一旁說道。

「對，上次藤野婆婆給我的門票錢，還有一張，你們看。」

本間從皮包裡拿出另一張，和剛才那張放在一起。
三個人頓時說不出話。
因為兩張紙鈔的號碼一模一樣。

8

星期三的白天，終於抓到了製造假鈔的嫌犯。藤野爺爺在菸店打烊後離開家裡，歹徒就潛入了他的家中，在藤野家中埋伏的偵查員立刻將他逮捕。歹徒是二十歲的大學生，獨自住在附近的公寓。他用打工地方的彩色影印機做了那些假鈔，租屋處則堆滿了紙和顏料。

「整起案件的起因，是這位大學生的母親突然從老家來看他。」

阿忍躺在床上，好像在聽催眠曲般聽著新藤說話。

「歹徒慌了手腳，因為他家裡到處都是假鈔。於是，他把假鈔統統裝進了垃圾袋，但做母親的向來喜歡幫倒忙，真的以為是垃圾，就拿去丟掉了。歹徒急壞了，急忙想要撿回來，但垃圾袋已經不見了。他跑著在附近尋找，看到菸店老闆拿著他熟悉的垃圾袋走回家裡。」

據藤野爺爺說，垃圾袋的袋口微微鬆開，他看到了裡面的錢。可能是野貓把垃圾袋的袋口咬開了，結果畑中就撿到了從裡面掉出來的錢。

藤野爺爺去醫院找老伴商量該怎麼處理，但看到阿忍和其他人都在病房，所以，他什麼都沒說就回家了。

「歹徒費了很大的工夫，一心想要把假鈔拿回來。他偷偷潛入藤野家，也潛入這個病房，因為做得那麼像的假鈔有和真鈔相同的價值，所以，他一下子就落入了警方的圈套。」

警方認定歹徒一定會再找機會來拿回假鈔，所以，就讓刑警埋伏在藤野家，讓藤野爺爺外出，獵物當天就中了計，實在太痛快了。

「婆婆，」阿忍看著藤野婆婆，「妳什麼時候發現錢的？」

藤野婆婆板著臉，閉著眼睛，冷冷地回答說：

「……我家那口子拿裝了錢的皮包來這裡的第二天，我想拿換洗衣服，結果看到一大堆錢，還以為自己在作夢。」

「於是，妳就和爺爺商量，決定佔為己有嗎？」

「說什麼佔為己有，多難聽啊。」婆婆張開眼睛，「我們只是收下天上掉下來的禮物。」

「但是，歹徒好幾次上門，想要拿回這些假鈔，妳不覺得害怕嗎？」

阿忍問。婆婆不屑地說：

「他用這種方法想要把錢拿回去，想必是不義之財，所以即使我們收下，也不會造成任何人的困擾，我反而更放心了。」

聽到她的回答，阿忍和新藤互看了一眼，苦笑起來。

「婆婆，很可惜，那些錢不是真的。」

新藤說，這時，藤野婆婆才終於很不甘心地皺著眉頭。

「我現在仍然無法相信，當本間說我給他的錢是假鈔時，我還以為他騙我，要我招供侵佔那些錢的事。」

她顯然也知道自己的行為是侵佔。

「所以，這代表天上不會輕易掉下禮物。」

新藤啊哈哈地大聲笑了起來。

這時，病房的門打開了，本間走了進來。新藤收起了笑容，「你怎麼還在這裡？」

「我馬上就要回去了。」

本間推開新藤，走到阿忍身旁，「我很快會回來，請妳一定要等我。」

「喔。」

阿忍被他的氣勢嚇到了，瞪大眼睛，點了點頭。

「那我就走了，在此之前——」

本間轉身，低頭看著藤野婆婆，「婆婆，請妳把兩萬圓還給我，那兩張假鈔也被警方沒收了。婆婆，還我錢啦。」

但藤野婆婆用毛毯蒙住頭，又發出鼾聲假裝睡著了。

忍老師搬家

1

命案發生在東成區大今里，從地圖上來看，就在地鐵千日前線的今里車站往東北方向走數百公尺的地方，但路很複雜，時而通往橫向、縱向、斜向，有時候還遇到死巷子，遲遲無法到達目的地。終於找到時，已經是三更半夜，但那棟房子前擠滿了人。那棟房子位在這片兩層樓房子的角落。

「新藤，只有當長官的才會姍姍來遲。」

新藤好不容易撥開看熱鬧的人群，一踏進房子，就有人對他說話。前輩漆崎就在左手邊的廚房內，正對著排氣扇抽菸。

「三更半夜出任務太辛苦了，光攔計程車就花了大半時間，而且這一帶的路也太複雜了吧。」

新藤也走進廚房，來到漆崎身旁。一坪多大的廚房無法兼作飯廳使用，房子的中央是一間三坪大的和室，後方應該是廁所或浴室。一進門，就可以看到通往二樓的樓梯。

「現場在哪裡？」

新藤問，漆崎用大拇指指了指樓上。

「要不要去看一下？」

新藤跟在漆崎的身後，走上木製的陡峭樓梯，轄區的偵查員向他們打招呼。

二樓有兩間和室，分別是三坪和兩坪多大。三坪大的和室內鋪了一床被子，被子被深紅色的鮮血染紅了。嗚啊。新藤在嘴裡輕聲叫道。

「在新藤長官姍姍來遲前，」漆崎說：「屍體已經搬走了。」

「你又在挖苦我。」

「死者是男人，年齡大約四十出頭，長相不算是和藹可親。至於服裝，穿了一件髒褲子和一件很髒的夾克，身分不明。」

「身分不明？」

新藤嘟著嘴問道，「怎麼回事？被害人不是這個家裡的人嗎？」

「不是。」漆崎打著呵欠，搖著腦袋。

「這個家的人在哪裡？怎麼一個人都見不到？」新藤左顧右盼。

「這裡只有一個人住，獨居，目前被帶去東成警署了，因為她是加害人。」

「加害人？」

新藤訝異地問，然後才點點頭，「喔，原來是這麼一回事，那被害人的身分應該很快就會查出來，只要問凶手就好。」

「但當事人說她不認識這個男人。」

「什麼？」新藤張大了嘴，「竟然殺了不認識的人嗎？太荒唐了。」

「當事人說，那個男人在半夜突然闖進她家，因為不認識對方，以為有危險，就忍不住反擊，結果對方就倒下了。」

「啊，該不會是……」

「沒錯，」漆崎噘著下唇點了點頭，「是否適用竊盜防治法可能成為討論的重點，只要繼續調查，應該就可以知道真相了。」

竊盜防治法中有關於正當防衛的特別條款。當有人非法入侵民宅竊盜時，即使因為恐懼或驚訝而致對方於死地，也不會追究刑責。

「住在這裡的人是女人嗎？」

「沒錯。」

「所以，可能不光是為了錢財，肉體也可能遭到威脅。」新藤說話時，強調了「肉體」這兩個字。「看來正當防衛成立的可能性相當高，當然，也要考慮防衛過當的可能性。」

「當事人當然主張無意殺死對方。她在半夜起床上廁所後，想要回二樓睡覺，走上樓梯時，卻聽到二樓有動靜，聽到窸窸窣窣的聲音，於是，她拿起放在玄關的槌球球桿——」

「等、等一下。」漆崎還沒有說完，新藤伸出手打斷了他，「槌球？住在這裡的人幾歲了？」

「今年六十二歲的老婦人。當然，也不能因為這樣就說她不可能有肉體面臨威脅的危險，不然恐怕會被婦女團體抗議。」

「六十二歲……槌球的球桿……」

新藤覺得被打死的那個男人一定死不瞑目。

漆崎和新藤在東成警署見到了那位六十二歲的老婦人，名叫松岡稻子的她穿了一件明亮的草綠色開襟衫，但因為極瘦，所以看起來比實際年齡更加蒼老，而且，臉上的氣色很差。

「我拿著槌球的球桿悄悄上了二樓，發現兩坪多大的房間內有動靜，仔細一看，是一個人影。我就問，你是誰？一個男人突然起身朝我撲來，我嚇壞了，嚇死了。被他追著跑到鋪了被子的房間時，心想他一定會殺了我，所以，我就不顧一切地揮動球桿，完全不知道有沒有打到人，當我回過神時，發現那個男人倒在地上。被子上也都沾滿了血，之後，我茫然地看著他五分鐘，不，應該有十分鐘。我癱坐在地上無法走路，但最後還是設法爬下樓梯，走到電話旁。人真的很沒用，在關鍵時刻完全都嚇傻了，我想不起來報警要打一一〇。我還在暗想，是一〇一，還是〇一一。花了好長時間想起來後，終於撥通了電話，請警方上門瞭解情況。」

松岡稻子淡淡地向新藤他們說明情況，不知道是否已經向轄區刑警說過一次的關係，她說的內容井然有序，完全沒有矛盾之處。

「妳有沒有看到那個男人的臉？」漆崎問。

松岡稻子皺了皺眉頭後點頭。

「雖然很噁心，但我還是看了，因為我擔心會不會是我認識的人。」

「妳認識嗎？」

新藤問，稻子用力搖頭。

「我從來沒有見過他，但我並沒有因為沒見過他，就覺得他死了也無所謂。」

說著說著，她深深垂下頭，不一會兒，開始流淚。

「妳最近有沒有告訴別人，家裡有放什麼財物？」

漆崎看到稻子的眼淚，語氣變得更加平靜了。

「我沒有四處宣揚，但昨天白天去銀行領了四百萬，準備付老人院的訂金，我放在二樓的衣櫃裡。」

「四百萬……妳有沒有向別人提過這件事？」

「我不記得曾經告訴別人，但可能我在銀行領錢時被人看到了，我是在三協銀行的森之宮分行領的錢。」

漆崎交叉抱起雙臂。

命案發生的第三天，終於查到了死亡男子的身分。有一個男人看了報紙上的人像畫，說很像自己的熟人。這個名叫江島的男人借了十萬圓給被打死的男子，正在四處找男子還錢。

接到通知後，新藤也去了東成警署。

據江島說，死去的男子名叫永山和雄，因為他有前科，經過比對指紋，證實的確是他。

江島還提供了永山目前居住的公寓，一看到地址，正在辦公室的新藤忍不住叫了起來。

「怎麼了？」東成警署的刑警問。

「不，沒事，對了，」新藤壓低嗓門說：「我可以去那棟公寓打聽情況。」

2

「突然找我來，我還以為有什麼好事，沒想到居然是這種事。」

田中鐵平把書裝進紙箱時說道。

「你少抱怨，現在放春假，反正也沒事可做。」

正在整理衣櫃裡衣服的阿忍回答。

「鐵平雖然沒事，我可是很忙喔。難波的高島屋正在舉辦運動衣和牛仔褲的特賣，我原本打算去那裡，但鐵平說，絕對來這裡比較好玩，所以我就陪他來了，沒想到居然叫我們幫忙搬家。我才是最大的受害者。」

滿嘴抱怨的原田郁夫也是阿忍以前的學生，他負責用報紙把碗盤包起後，裝進紙箱裡。

「還真會抱怨，真拿你們沒辦法，那來喝杯茶吧。」

阿忍拍了拍牛仔褲的大腿後站了起來。

「應該有好吃的點心可以配茶吧。」

鐵平立刻跑到桌旁，用好像老頭子般的口吻說道：「我醜話說在前面，別想用便宜的最中餅❺來打發我們。」

「我是誰啊，怎麼可能買這種不入流的東西。」

鐵平和郁夫看到阿忍拿出來的優格塔，忍不住拍著手。

「真不愧是老師，真是內行啊。」

「老師對吃這件事很有研究。」

「想吃的話就趕快去洗手。」

聽到阿忍的吩咐，兩個人像小學生一樣，跑去了洗手間。

「時間過得真快，我們畢業已經兩年了。」

鐵平大口吃著優格塔說，「老師，妳馬上就要回學校了，該不會連怎麼上課都忘了吧？」

「不瞞你們說，我真的在為這件事煩惱。」

阿忍回答，兩個人意外地瞪大眼睛。

「老師，妳難得這麼沒自信。」

郁夫說著，繼續一口又一口地吃著點心，「平時都自信過剩。」

「誰自信過剩了，我這麼謙虛。」

阿忍瞪大眼睛，但很快就垂頭喪氣地嘆著氣，「因為我有整整兩年沒有和小孩子接觸了，所以，這次回學校，我很擔心能不能瞭解學生敏感的內心。」

「妳不是有和我們相處嗎？」郁夫說。

「對啊、對啊。」鐵平也點著頭，喝著紅茶。

「和你們相處也沒用，都已經是中學生了。而且，你們何時敏感過？臉皮厚得像城牆。」

「太過分了。」兩個人異口同聲地說。

竹內忍以前曾經在大路小學教鐵平他們，為了在教學上更上一層樓，她在兵庫的大學深造。如今，已經完成了兩年的學業，下個月就要回學校教書了。下週將要搬離之前為了專心讀書而借的這間公寓，搬回老家住。

「下次要去的是阿倍野的文福小學吧？那所小學是有名的好學校，水準很高，家長會也一定很囉嗦。」

郁夫哪壺不開提哪壺。

「雖然水準很高，但學生人數很少，所以，可以照顧到每一個學生，但也因為這樣，教師的影響力很大。所以說，真的是責任重大。」

「不必在意，老師，妳一定沒問題的，不會有問題的。」

鐵平說著，拍了拍阿忍的肩膀。

「我需要你鼓勵的話就完蛋了。」

正當她嘆著氣時，玄關的門鈴響了。阿忍從門上的貓眼往外看，發現新藤笑嘻嘻地站在

❺一種特製餅皮夾豆沙餡的日式和菓子。

門口。阿忍驚訝地打開了門。

「新藤先生，這麼大白天的，你怎麼會來這裡？」

「我剛好因為有點事來這棟公寓——」

新藤說著，向房間內張望，皺了皺眉頭，「怎麼又是你們？」

「這句話是在向我們打招呼嗎？我們可不是來玩的，是來幫忙老師搬家。」

鐵平向新藤抗議。

「喔，原來是這樣。終於要搬家了，不過，現在還早吧？」

「新藤先生，你來這棟公寓有什麼事？」

「我是來找妳隔壁的鄰居，剛好沒有人在家。」

「你要找安西小姐？」

「對，妳和安西小姐有交情？」

「談不上是交情……因為她這個月才剛搬來。」

「喔，是嗎？」

「才兩個星期左右。」

安西小姐三十多歲，身材苗條，眉清目秀，有一個小學五年級左右的女兒。門牌上寫著安西芳子的名字，但阿忍曾經有三次看過一個中年男人出入她家。

「那個男人叫永山和雄，是安西芳子的同居人。那個永山被人殺了。」

「什麼？」阿忍張大眼睛。

新藤把在東成區發生的命案告訴了阿忍，命案現場離這裡不遠，最多不超過兩公里。

「安西小姐目前還沒有來警署，可能她不知道永山的死訊。雖然他們沒有正式結婚，但同居人不見了，她也沒有報警，未免太奇怪了。所以就直接來找她問清楚。」

「而且因為剛好老師也住在這裡吧？」

郁夫一臉奸笑地說。

「我不否認有這個因素。」

新藤坦誠地說。

這時，隔壁傳來動靜，還有說話的聲音。安西母女似乎回家了。新藤的表情立刻嚴肅起來，「那我過去看看。」

新藤離開後，阿忍把面向走廊的廚房窗戶打開一條縫，觀察隔壁的情況。安西芳子開門時，新藤一臉嚴肅地向她說明了來意。芳子發出驚叫聲。她似乎並不知道命案的事。

幾分鐘後，新藤帶著芳子離開了公寓。

3

新藤帶芳子離開大約一小時後，鐵平站在通往陽台的落地窗前，向阿忍招手。

「她在幹什麼？」

鐵平隔著落地窗，指著隔壁的陽台問。芳子的女兒在欄杆前托著腮，看向遠方。令人驚訝的是，她戴著隨身聽的耳機，右腳隨著音樂節奏打著拍子。

「感覺不像是家人被殺的樣子。」

鐵平似乎也有同感。

阿忍假裝打掃，走到陽台上。那個女孩沒有看她。女孩有一雙長眼睛，臉型很漂亮，是時下年輕人口中的正妹。

「妳在幹什麼？」阿忍問。

那女孩慢了一拍後，轉頭看向阿忍，拿下了耳機。「什麼？」

「妳在聽什麼？」

「喔。」女孩的嘴角微微露出笑容。

「尾崎豐。」

她的興趣真灰暗。阿忍心想道。

「是喔，那個歌手年紀輕輕就死了。」

「有才華的人都會英年早逝。」女孩說完後，聳了聳肩說：「但也未必都是這樣。」

「妳媽媽呢？」

「去警署了，她認識的人死了。」

「是喔……」

她在說「認識的人」幾個字時，沒有絲毫的不自然。

「妳要不要來我家喝茶？還有蛋糕沒吃完，是優格塔。」

女孩猶豫了一下。

「我去當然沒關係，但妳不是有客人嗎？」

「客人？喔，他們只是來幫忙做事的，不必管他們，那我幫妳倒茶。」

回到房間，阿忍立刻命令鐵平和郁夫把房間收拾一下。

「好、好，什麼事都可以吩咐我們，反正我們只是來幫忙做事的。」

「而且還免費，早知道應該把蛋糕統統吃完。」

兩個人又開始抱怨。

門鈴響了，那個女孩上門了。阿忍遞上紅茶和原本打算留在晚上吃的蛋糕。女孩露出潔白的牙齒笑著說，好久沒吃蛋糕了。

那個女孩名叫千鶴。阿忍自我介紹後，也向她介紹了鐵平和郁夫。這兩個搗蛋鬼看起來有點緊張，可能是因為千鶴比他們想像中更漂亮。

「原來妳是小學老師，有這麼年輕的老師喔。到目前為止，我遇到的老師都是老頭子或老太婆。」

「也沒有多年輕啦。」

鐵平耍貧嘴，阿忍在桌子下捏他的大腿。

「女人出去上班很帥，感覺很獨立。」

「千鶴，妳以後想當什麼？」

「嗯，我想當護士，看到病人在病床上痛苦的樣子，很希望能夠減輕他們的痛苦。」

「令人佩服，我甘拜下風。」

郁夫真的向她鞠了一躬。

「對了，我想問妳一件事，希望不至於讓妳不高興。剛才妳說，妳媽媽認識的人死了，是不是有時候來妳家的那個男人？」

阿忍鼓起勇氣問道，千鶴的表情有點緊張。

「搞什麼……原來妳知道。」

「並不算知道……兩、三天前，看到報紙上的人像畫，覺得很像而已，他是妳爸爸嗎？」

「我和那種人沒有關係。」

千鶴語氣嚴厲地說完，從椅子上站了起來。「謝謝招待，蛋糕很好吃。」

「啊，要不要再喝一杯紅茶……？」

但是，千鶴沒有回答，就走出了房間。郁夫在她離開後說：

「老師，妳真的變遲鈍了。如果是之前，妳和小孩子相處更得心應手。」

「是嗎？」

看到鐵平和郁夫一起點頭，阿忍十分沮喪。

那天晚上，新藤約阿忍在難波的咖啡店見面，但並不是約會，而是希望阿忍協助辦案。最好的證明，就是當阿忍來到相約的地點時，漆崎刑警也在。

「妳之前有沒有見過照片中的女人？她有沒有去妳的鄰居家？」

漆崎出示的照片上有一個乾瘦的老女人，阿忍不認識這個人。

「我沒見過。」

「是嗎？果然是這樣。」

漆崎嘆了一口氣，把照片收了起來。「她就是松岡稻子，就是殺死永山的加害人，但目前的問題是，永山為什麼要去松岡家。」

「當然是為了偷錢。」

「如果可以這麼斷言，我們就不必這麼辛苦了，目前找不到可以佐證的證據。松岡前一天去銀行領錢，但沒有證據顯示永山也在現場。而且，永山雖然有違反毒品危害防制條例的前科，卻沒有竊盜搶劫的前科。」

「他們兩個人之間有沒有什麼交集？」

「目前並沒有發現。」

「安西太太……安西小姐說什麼？」

「她說不認識松岡稻子，也完全想不通永山為什麼會去松岡家。」

「既然這樣，就只剩下竊盜這個可能了。」

「事情沒這麼簡單，尤其是殺人案。而且，這起案子處於正當防衛是否能夠成立的微妙地帶。」

「所以，你們努力想要找到兩個人之間的交集嗎？」

「當然，如果兩個人之間沒有交集也沒有問題。如果是正當防衛，加害人無罪的話，我們也比較省事，心情也比較好，但該做的事還是要做。」

「是喔……」

阿忍吃了一口草莓蛋糕問：「命案是幾點發生的？」

「半夜一點左右，」剛才始終沒有說話的新藤回答，「應該是從大門進入，落地窗的玻璃有遭到破壞的痕跡。之後，永山沒脫鞋子就上了二樓，在翻衣櫃時，被松岡稻子發現了。」

「這麼看來，顯然是小偷啊。」阿忍看著漆崎。

「但這都是松岡稻子單方面的證詞，搞不好可能是有計畫地把永山找來，然後把他殺害所佈的局。」

「哇，你這個人疑心病真重。」

「我的工作就是懷疑別人。」

說著，漆崎把手伸進西裝內側口袋，又拿出另一張照片，「也請妳順便看看這張照片。」

那是一張彩色的拍立得，上面有一雙黃色和深棕色的包頭高跟鞋，已經穿了很久了。

「妳對這雙鞋子有什麼看法？」
「什麼看法？」
「妳覺得是幾歲的人穿的？」
「這個問題真難回答。」
阿忍把照片拿了過來，「學生可以穿，粉領族也可以，要看個人的喜歡。」
「如果是六十幾歲的人呢？」
「這有點困難，」阿忍回答之後，恍然大悟地看著漆崎，「這該不會……」
「這正是從松岡稻子的鞋櫃裡發現的，對六十二歲的女人來說，這雙鞋子太花稍了吧？而且，尺寸也和其他鞋子略有不同。我認為這雙鞋子不是松岡的，但問題是，這雙鞋子到底是誰的。」
「誰的呢？」
「這正是我們接下來要調查的。」
漆崎敷衍地回答後，把照片放回了內側口袋。
「漆哥懷疑安西芳子嫌疑重大。」
新藤搭計程車送阿忍回家時告訴阿忍。
「懷疑他太太？」
「但他們並沒有正式結婚，而且芳子想和永山分手。我去他們之前住的地方打聽後，發現永山不僅沒有拿錢回家，連芳子賺的一點錢，都會被他拿走。只要不給他錢，他就對芳子拳打腳踢；喝醉酒也會施暴，是一個很糟糕的傢伙。」

「千鶴不是永山的女兒，對嗎？」

「是芳子和前夫所生的孩子，她的前夫車禍身亡了，所以芳子就去酒店上班，也是因為這個關係，才會認識永山。」

難怪千鶴對永山的死絲毫不感到難過。

「漆崎先生認為安西有動機嗎？」

聽到阿忍的問題，新藤難過地點點頭。

「他認為那雙高跟鞋也是芳子的，芳子在殺害永山後，從松岡稻子家逃走。稻子報警後，主張是正當防衛，這麼一來，就不會追究任何人的刑責。漆哥似乎認為這是她們的計謀。」

「但是，安西和松岡稻子之間並沒有交集，不是嗎？」

「沒有，至少目前沒有發現。還有另一個疑問，即使那雙高跟鞋是芳子的，為什麼會留在那個家裡？照理說，她離開的時候應該把鞋子穿走。」

「啊，對喔。」

阿忍無意同意漆崎的說法，她的眼前浮現出千鶴說想要當護士時的眼神。她不希望那個女孩是殺人凶手的女兒。

計程車停在公寓門口，阿忍道謝後下了車。

「妳什麼時候搬家？」新藤在車上問。
「星期四。」
「我會想辦法來幫忙。」
計程車駛了出去，新藤在車內揮著手。阿忍目送計程車離去後，回頭看著公寓。安西母女家已經關了燈。

4

命案發生的第五天，持續四處打聽消息的漆崎發現了重大線索。案發翌日清晨，送報員看到安西芳子外出回家，走進自己家裡。
於是，立刻請芳子到東成警署說明情況。
「安西小姐，這麼一大清早，妳去了哪裡？還是妳前一天晚上就出門了？如果方便的話，可不可以告訴我們？」
在一旁記錄的新藤覺得，漆崎說話的語氣雖然很客氣，但完全是對嫌犯的態度。
芳子得知有目擊證人看到她外出，顯得很受打擊。看她的表情，新藤覺得搞不好她嫌疑重大，也同時想起阿忍擔心的表情。
「安西小姐，可不可以告訴我們？」

漆崎再度問道。正當新藤心想，如果安西再不開口，漆崎恐怕就會大聲喝斥時，芳子終於開了口。

「呃……我去了朋友在天王寺那裡開的店。」

「朋友開的店？什麼店？」

「小酒館。很小的店，只有吧檯而已……」

「那家店叫什麼名字？」

「『神酒』，神明的神，喝酒的酒。」

漆崎向新藤使了一個眼色。新藤站起身走了出去，去刑警辦公室調查後，的確找到了名叫「神酒」的店。他立刻和東成警署的另一名刑警一同前往那家店。

三十分鐘後，新藤來到「神酒」。果然是一家很小的店。

「芳子有來啊，差不多十點左右。因為好久沒有見面了，我們聊得很開心，一直喝到天亮。對，因為她說今晚想好好喝幾杯。我們差不多有一年……不，有兩年沒有見面了。這段時間，我們一直沒有聯絡，真的好懷念。客人？有幾個老主顧也在店裡。電話號碼？真傷腦筋，如果給他們添麻煩，他們以後就不會來店裡了——是嗎？那就麻煩你們了。對了，到底發生什麼事了？」

兩片厚唇好像香腸的媽媽桑證實了芳子的不在場證明。

漆崎聽了新藤的回報，抓著頭說：

「那個媽媽桑看起來不像在說謊。」

「還有兩名員工和客人也證實了，絕對不會錯。」

「喔，是嗎？」漆崎沉吟道，「但我還是覺得不太對勁，為什麼她偏偏在那天晚上去那裡，顯然是為了製造不在場證明。」

「不管怎麼樣，芳子是清白的。」

「是這樣嗎？」

漆崎的身體從椅子上滑了下來，仰頭看著天花板。就在這時，旁邊的電話響了。漆崎接起電話，下一刻，整個人都跳了起來。「你說什麼？」

「發生什麼事了？」

漆崎臉色大變，說了兩、三句話後，掛上了電話。

「事情很不妙，松岡稻子病倒了，目前送去警察醫院了。」

「什麼？」

新藤也整個人向後仰。

5

搬家那天，天氣特別好。搬家公司一大早就到了，工人動作俐落地把阿忍使用了兩年的家具和一大堆紙箱搬上了貨車。阿忍看著他們搬運，和來幫忙的新藤一起坐在窗框上。

「癌症？」

聽了松岡稻子的病名，阿忍皺著眉頭。新藤也面色凝重地點點頭。

「她原本就罹患了胃癌，之後又轉移到各個器官，已經進入末期了，隨時都可能斷氣。」

「啊……」

「之前一直住在醫院，但她覺得反正無可救藥了，所以，她希望回家療養。」

「一個人在家等死嗎？」

「是的。無依無靠真的很淒涼。」

「漆崎先生有沒有說什麼？」

「那位大叔可緊張了，他希望在松岡死前問出真相。我沒辦法成為像他那樣的刑警。」

新藤深有感慨地說。

所有東西都搬上了貨車，搬家工人出發前往阿忍的老家。阿忍的母親會在家裡等他們，阿忍打算再打掃一下公寓之後才離開。

「那我就先走了。等妳回老家安定之後，再和我聯絡。」

「謝謝你。」阿忍恭敬地向他鞠躬。

只剩下一個人後，阿忍開始打掃陽台，聽到有人問她：「妳要走了嗎？」抬頭一看，千鶴在隔壁陽台。

「對，差不多要走了。」

「是喔。」千鶴把下巴微微向前伸，「要不要來我家喝茶？」

「可以嗎？」阿忍問。

「喝杯茶有什麼關係。」

「那就讓妳請吧。」

安西母女住的房間空蕩蕩的，沒什麼家具。牆上不僅沒有貼海報，連月曆都沒有貼。家裡堆著的幾個紙箱中，還有幾個根本沒有打開。

阿忍和千鶴面對面坐在摺疊式矮桌前喝著日本茶。

「妳要搬去哪裡？」千鶴問。

「平野區的老家。」

「是喔，妳家裡有什麼人？」

「父母和妹妹。」

「是喔……有這麼多家人，真好。」

「是嗎？嗯，妳說得對。」

阿忍觀察著周圍，發現整理箱上豎著素描簿。「我可以看一下這個嗎？」

「我畫得不好，不太想給別人看，不過，給妳看也沒關係。」

素描簿中主要畫的是風景。不光是寫生，還有不少是想像的風景。當阿忍翻到某一張畫時，忍不住停下了手。畫中有一個女人站在白色的建築物前。

「這是……哪裡？」

阿忍問，千鶴的表情有了微妙的變化。

「我忘了是哪裡，可能是學校吧。」

「站在房子前的是誰？」

「不知道，不認識的人。這種畫不必看了。」

千鶴闔起了素描簿，不由分說地放在自己身後。

離開安西家後，阿忍沒有先回自己的家，跑去附近的電話亭。她打電話去大阪府警總部。

「喂，新藤先生嗎？我是竹內，請你去調查一下，松岡稻子之前住哪一家醫院？」

6

這天晚上，漆崎和新藤約了安西芳子在梅田的咖啡店問話。阿忍和新藤坐在芳子對面，漆崎坐在隔了一條通道的座位上。

「因為我們手上沒有千鶴的照片，所以還沒有最後確認，但目前已經得到護士的證詞，我們掌握了大致的情況。」

新藤語氣平靜地說道，「嫌犯松岡之前曾經住院，千鶴經常去探視她——我沒說錯吧？」

芳子好像凍結般，有好一陣子動也不動，最後可能覺得已經無法隱瞞了，整個人宛如冰雪融化般癱了下來。

「對，沒錯。」

「她們兩個人是什麼關係？」

新藤問，芳子的嘴角放鬆下來。

「沒有任何關係，只是千鶴在醫院的院子裡玩，偶然認識的。可能是因為我沒有盡到身為母親的職責，所以千鶴一下子就和松岡女士很親近。松岡女士也很疼愛她，把她當成自己的孫女……」

她停頓了一下，用手帕擦著眼角。

「是我說要殺了永山。」

「什麼？」阿忍和新藤同時叫了起來。

「我已經無法忍受永山的惡劣行徑了，他根本就是人渣，整天向我要錢。只要我反抗，他就對我拳打腳踢。而且，他還威脅我說，要逼千鶴吸毒，如果我不想他這麼做，就乖乖服從他……」

「他比人渣還不如……」阿忍小聲說道。

「所以，我去松岡女士那裡拜託她，我打算殺死永山後，自己也一死了之，希望她收千鶴為養女。松岡女士說，絕對不行，這麼做對千鶴並沒有好處……」

「後來決定怎麼做？」漆崎問。

「松岡女士說，她有一個好方法，但我不需要知道細節，她會處理好一切，只是我必須答應她三個條件。我要借一雙永山很熟悉的高跟鞋給她，然後，離家一個晚上，一定要和可以信賴的人在一起。最後，事發之後，不能和她見面。無論別人問什麼，都堅稱不認識她。」

阿忍發現，原來松岡稻子那時候已經打算利用正當防衛了。

「雖然我完全不知道松岡女士想要怎麼做，但還是按照她的指示去做了。第二天早晨回家後，千鶴告訴我，『昨天那個男人打電話來，說了兩、三句話後，就破口大罵，說如果敢另結新歡就小心點。』我搞不清楚是怎麼一回事，但之後永山就沒有回家，我在開心之餘，也有點害怕……」

漆崎之前推測，松岡稻子一定打電話告訴永山，「你老婆在外面有男人了。」然後，報上自家的住址，說是芳子偷情的地點。永山火冒三丈地衝了過去，一打開門，就看到芳子的鞋子。他怒不可遏地衝上樓梯，但稻子早就拿著槌球的球桿在二樓等他。

芳子剛才的話證實了他的推理幾乎完全正確。

「當妳得知命案時，有沒有嚇了一大跳？」新藤問。

「當然嚇壞了，」芳子用全身點頭，「但在瞭解狀況後，我知道了松岡女士的用意，覺得這種方法實在太巧妙了，不由得對她感到佩服。雖然我對她深感抱歉，但覺得不能讓她的努力泡湯，所以就按她的指示，說不認識她。」

淚水從芳子的眼中流了下來。店裡所有的人都看著她。

「刑警先生，都是我的錯，因為我說要殺死永山……要懲罰就懲罰我吧，請你們對松岡女士……」她哽咽起來。

「我有一個問題想要請教，」阿忍問，「妳有叮嚀千鶴，要求她說不認識松岡女士嗎？」

芳子滿臉是淚，對著阿忍搖頭。

「我還沒有對她提這件事，因為我不知道該怎麼開口，所以，如果刑警先生去問她，馬上就會知道我們和松岡女士之間的關係。」

「不，妳多慮了。」阿忍斷言道，「我猜想千鶴已經隱約察覺了這件事，雖然媒體沒有公佈松岡女士的名字，但她可能從命案現場的地址中猜到了。最好的證明，就是千鶴說她不認識她畫中的松岡女士。」

「什麼……那孩子……」

芳子一臉呆然，用渙散的雙眼看著半空。

「安西小姐，我想拜託妳一件事，請妳帶千鶴去探望松岡女士。如果松岡女士就這樣離開人世，千鶴將會背負一輩子的心靈創傷，所以拜託妳了。」

阿忍低頭請求，芳子有點不知所措。

「啊，這……但是千鶴……」

「走吧，」新藤站了起來，「我送妳們去。」

「喔，好……好吧，我問一下千鶴。」

芳子在新藤的催促下，走出了咖啡店。留在店內的阿忍重重地嘆了一口氣，把身體靠在椅背上。

「漆崎先生……」

「什麼事？」漆崎用慵懶的聲音問道。

「對不起，我太愛管閒事了。」

「反正也不是第一次了。」

他喝完已經冷掉的咖啡，「松岡稻子犯了殺人罪，安西芳子則是教唆殺人。但是，好麻煩。如果松岡在死前什麼都不說，一切就結束了。」

「漆崎先生……」

「好了，我要回家看孩子了。」

漆崎拖著沉重的腳步走出咖啡店，阿忍也拿著帳單走向收銀台，目光停留在收銀台前的公用電話上。她突然很想聽聽母親的聲音。

「喂？媽？」

電話接通後，電話彼端傳來幾乎震破她耳膜的聲音。

「阿忍，妳人在哪裡？到底在幹什麼？搬家公司把行李都送來了，妳卻不見人影。我說妳啊——」

忍老師的復活

1

好討厭，真的好討厭。如果不趕快回家，就來不及去補習班上課了。不去補習班，又要被媽媽罵了。但是，如果不跳過去，就不可以回家。好討厭，真的好討厭。山下老師是笨蛋，我不想跳了，這種東西，我根本不可能跳過去——

澀谷淳一知道自己不可能跳過去，還是跑向跳箱，卻在踏板前突然放慢了速度。雖然大家都說，他就是因為在跳板前放慢速度，才會跳不過去，但是，當跳箱出現在眼前時，他無法不感到害怕。

他無力地在踏板上一蹬，身體微微懸空，但不足以跳過跳箱。他一屁股坐在跳箱上。

「啊——啊。」

他嘴裡叫著，從跳箱上爬了下來。然後四處張望，看剛才這一幕有沒有被別人看到。這裡是校舍和校舍之間的空地，站在操場上幾乎看不到這裡。但他才高興了一下子，立刻發現有一個女人站在旁邊的門內。淳一看了她一眼，那個女人快步離開了。

即使是不認識的人，淳一也不希望剛才的糗樣被人看到。

淳一瞪著跳箱，忍不住心生恨意。他當然是痛恨要求他留下的老師。

淳一走去廁所。這是他開始練習後第三次上廁所，其實他並不是很想去，也尿不出來。

只是想要逃避跳箱的意識，讓他不斷跑去廁所。
從廁所回來的途中，他去教師辦公室張望了一下。山下老師還沒有來，淳一很希望山下老師趕快來。
「澀谷，會跳了嗎？你跳給我看看。」
聽到山下老師這麼說，自己也會試著跳一次，但當然不可能成功。山下老師露出為難的表情，指導他應該這麼做、那麼做。天色漸漸暗了下來。
「算了，那明天再繼續練吧。」
山下老師說。這四天來，每天都上演這一幕，原本也不會跳箱的其他同學在昨天之前都學會了，最後只剩下淳一還學不會。
真希望山下老師早點來，反正我不可能學會的——他帶著憤恨的心情向教師辦公室張望，但辦公室的門仍然沒有打開。
淳一回到跳箱，他痛恨這個梯形的箱子。之前他討厭單槓，更早之前是墊上運動。山下老師喜歡器械體操。
雖然他完全提不起勁，但還是開始助跑，滿腦子只想著在踏板前不能放慢速度。
在踏板上用力一蹬，雙手撐在跳箱上。
雙手移動了。不，是跳箱移動了。下一剎那，他的身體傾斜。
他還來不及叫出聲音，天旋地轉，身體重重地撞在跳箱上。

淳一哭了起來。

2

看到新藤一口氣喝完杯子裡的水，阿忍立刻察覺，他一定想說無聊的事。新藤在電話中的聲音很激動，身上也穿著平時難得一見的筆挺西裝。阿忍原本只是隱約有這種感覺，但在他對面坐下時，更加確信這一點。

「老師……不，阿忍小姐。」

新藤粗魯地把杯子放在桌上。

「是。」阿忍應了一聲。

「今天妳一定要回答我。」

「回答？回答什麼？」

「那還用問嗎？」

新藤左顧右盼。星期六的下午，大阪市區內的咖啡店內坐滿了人。旁邊那張桌子旁坐了兩名中年婦女，正相互出示著百貨公司拍賣會的戰利品，大聲說著話。阿忍進來時，她們盤子裡的冰淇淋已經吃完了。

新藤猛地探出身體，小聲地說：

「就是結婚的事。」
「結婚？」
「對。」這時，他又四處張望了一下，「妳到底怎麼想的？雖然我很有耐心，但我的耐心也是有限度的。」
阿忍哈哈哈地笑了起來。
「有什麼好笑的？」新藤有點生氣。
「但我不記得曾經說過請你等我之類的話。」
「啊，妳怎麼不認帳了？真是太過分了。」新藤把頭轉到一旁，然後又看著阿忍的臉，「妳忘了兩年前的事嗎？我向妳求婚時，妳說了什麼？妳說為了成為更優秀的老師，要繼續深造，所以希望我等妳，妳不是親口這麼對我說的嗎？」
「什麼？」阿忍瞪大眼睛，「我才沒這麼說。我只是說，想繼續深造，所以不能答應你的求婚。」
「那不是一樣嗎？因為要繼續深造，所以不能答應。當妳完成學業，就會重新考慮啊。」
「是這樣嗎？」阿忍偏著頭。
「就是這樣啊，」新藤拍著桌子，「今年春天，妳從大學畢業，就會像以前一樣回到學校教書。所以，我兩年前的求婚就重新自動生效了。我只想問妳，妳到底什麼時候才會回覆我？」

「你突然要我回答，我也不知道該怎麼說。」阿忍皺起眉頭。
「好吧，那這麼辦。我現在重新向妳求婚，老師，請妳嫁給我。好，現在輪到妳答覆了。」
「這根本是亂來嘛，簡直就是耍賴。」
「我是認真的，我認真向妳求婚。」新藤挺直了腰。
「那我也認真答覆你，」阿忍的表情也嚴肅起來，「讓我再多考慮一下。你問我一下是要多久的時間，我也答不上來，總之，我希望你給我一點時間。」
新藤一臉沮喪地抓了抓頭。
「妳還要考慮什麼呢？啊，妳該不會把那個笨蛋本間和我放在天秤上衡量吧？」
阿忍噗哧一聲笑了起來。
「我沒有打算嫁給本間先生，他只是我的好朋友，而且，我覺得應該有更適合他的人。」
「那妳還考慮什麼？」
「很多方面都要考慮啊，」阿忍嫣然一笑，「如果我討厭你，現在就會拒絕你。正因為我不討厭你，所以才會猶豫，我需要好好考慮。」
「雖然有點像在活活折磨我，但這也代表八字有一撇，對吧？」
「我認真地告訴你，這正是我考慮的地方，」阿忍語氣堅定地說：「你是好人，我父母也很喜歡你。」
「喔？是嗎？」新藤露出開心的眼神。

「我媽說，雖然刑警的工作很危險，但你不會主動投入危險，而且，吃公家飯不必為景氣的問題發愁。即使你一輩子無法升遷，只要工作到退休，就可以領到一筆不錯的退休金。」

「搞不懂伯母是在稱讚我還是在損我。」

「我也覺得如果嫁給你，一輩子都可以很開心。」

「既然這樣……」

「但是，」阿忍說：「老實說，我目前還沒有心情考慮結婚的問題。因為我才剛回去當老師，滿腦子都在想目前工作的事。」

「我能夠理解。」新藤無奈地垂著兩道眉毛。

「假設我現在和你結婚，我完全不會做家事，也無法為你做晚餐，更不可能為你洗衣服，無法盡身為太太的職責。在這種情況下，我們的感情不可能順利，只會讓雙方都不幸。」

「這方面我會設法解決，我會做晚餐。」新藤拍著胸脯說。

阿忍苦笑起來。

「不知道什麼時候會發生刑案，你還真敢說啊。這種情況絕對不可能長期持續，所以，雙薪家庭必須認真考慮這個問題。」

新藤嘆了一口氣。

「所以，妳需要時間考慮，那好吧。」

「我很高興你能夠諒解。」阿忍對他鞠躬說道。

「我覺得好像又被妳糊弄過去了，」新藤抓著頭，「妳的工作這麼辛苦嗎？」

「不是辛苦，而是很久沒有當老師了，不太能夠抓住那種感覺。」

「妳是有經驗的老師，怎麼會說這麼沒自信的話？」

「我差遠了。」阿忍搖搖頭，同時想起這個星期剛接觸的新學生的臉龐。

雖然他們都很優秀，但也都很難纏——這是阿忍接四年二班這個班級一個星期以來的感想。

上課鈴聲響起，不需要阿忍大吼小叫，學生都已經乖乖坐好。這是他們優秀的地方之一。除此以外，打掃認真也讓阿忍很放心，和她之前在大路小學任教時完全不同。當年在大路小學，打掃後比打掃之前更髒亂。

文福小學對教育的確很嚴格，阿忍不由得感到佩服。

至於難纏的部分——

比方說，上國語課的時候。

「我來請同學唸一下這一頁，呃，上原同學，妳來唸一下。」

但是，上原美奈子卻沒有乖乖站起來唸，反而振振有詞地說：

「呃，今天是九日，所以不是應該由學號九號的人唸嗎？」

「為什麼？」

「因為以前山下老師都是這麼做的，大家說對不對？」

對啊，對啊。其他同學也都附和道。

問題就在這裡。無論阿忍說什麼，他們就說山下老師這樣，山下老師那樣。不用說，山下老師是他們三年級時的班導師。文福小學會在剛入學、三年級和五年級時重新分班，通常每位班導師都會帶一個班級兩年，所以，竹內來這所學校後，接四年級的班級很不尋常。

「山下老師是你們三年級時的班導師，」阿忍提高了嗓門，「現在是四年級，我竹內老師是你們的班導師，所以，以後要按照我的方式去做，瞭解了嗎？」

瞭解了。雖然學生這麼回答，也似乎接受了眼前的現實，但遇到情況時，還是有人說：

「但是山下老師如何如何。」

真是夠了，看來帶這個班級很不輕鬆。阿忍有點沮喪。

從小孩子提到山下老師時的表情就知道，山下老師很受學生的歡迎。阿忍對這位老師產生了一絲嫉妒，也不由得感到佩服。

這位老師既然這麼受學生歡迎，為什麼突然調走了呢？阿忍對此感到不解。

「忍老師，妳不覺得還是該自己生孩子嗎？」

聽到說話聲，阿忍回過神。

「生小孩？」阿忍不瞭解新藤在說什麼，看著他的臉。

新藤嬉皮笑臉地說：

「就是生自己的孩子啊。要有育兒的經驗，才能真正瞭解小孩子在想什麼。」

「所以，我應該答應你的求婚？莫名其妙，我從來沒聽過這種歪理。」

「果然不行嗎？」

新藤拿起帳單，阿忍也站了起來。他們等一下要去看電影。

3

和新藤約會翌週的星期二，阿忍終於知道山下老師突然調職的原因。那天上體育課時，阿忍要求學生跳箱，沒想到全班最喜歡頂嘴的上原美奈子舉起了手。

「我們不可以跳箱。」

「為什麼不可以？山下老師說的嗎？」

「不是，是學校禁止的。」

「怎麼可能？」

「真的啊，大家說對不對？」

美奈子一如往常地徵求同學的同意。

阿忍把學生留在教室，自己去了教師辦公室。有一定的年紀，但髮量仍然很豐富的學務主任正在喝茶、看報紙。

「喔，妳是問這件事。」

聽到阿忍的問題，學務主任慢條斯理地回答。
「我忘了告訴妳，沒錯，目前暫時停止跳箱。」
「為什麼？我從來沒有聽說過體育課不可以跳箱這種事。」
「妳說得沒錯，但因為之前發生了意外，所以，這也是無奈之下作出的決定。」
「意外？」
「那是去年發生的事。」
學務主任說，去年年底時，發生了一起意外。當時，阿忍的前任班導山下老師每天為班上的同學特別訓練，希望每個學生都學會跳箱。如果學生不會跳，就要在放學後留下來，在校園的角落繼續練習。經過他的特別訓練，大部分學生都學會了，只有澀谷淳一因為太胖了，所以完全跳不起來。有一次，他放學後獨自練習時，跳箱倒了，弄傷了他的腳。
「澀谷？喔……」
阿忍原本想說，就是那個動作遲鈍的孩子，但終於把話吞了下去。
「澀谷受的傷並不嚴重，但他媽媽剛好是家長會的董事，所有家長就數她最囉嗦。她怒氣沖沖跑來學校，要求立刻開除山下老師。」
「山下老師就是因為這個原因調走了嗎？」
「沒錯，」學務主任點點頭。「更糟的是，澀谷的伯父是市議員，所以校方也無法對她的要求置之不理。不過，學校還是堅持讓山下老師教到三月底才走。」

這起意外讓阿忍心裡很不舒服。想到因為山下老師被調走，自己才會來這所學校，心情特別複雜。

「雖然算是運氣不好，但山下老師也有疏失，不可以讓學生單獨跳箱。」

「但是，跳箱怎麼會輕易倒下來？」

「這的確很奇怪，但任何事都可能發生意外。」

學務主任重重地嘆了一口氣，用樂觀的語氣說：「雖說禁止，但只是短時間而已，等風頭過了之後，又可以重新開始了。」

最後，這天的體育課只做了墊上運動。成為這件事主因的澀谷淳一的確很遲鈍，就連前滾翻也做不好，難怪他不會跳箱。

相較之下，芹澤勤十分靈活。看到手長腳長的他側翻的樣子，讓人忍不住為他鼓掌。

「你真厲害，誰教你的？」

阿忍問，但芹澤勤瞥了她一眼，沒有回答，把頭轉到一旁。他似乎並不喜歡阿忍。

體育課結束後，阿忍在整理完運動墊後，檢查了跳箱。跳箱很新，也很堅固，只要疊好，即使學生再怎麼用力，也不可能推倒。

真奇怪。阿忍不禁想道。

這天放學後，發生了一起事件。不，可能沒有到事件這麼誇張，卻令阿忍耿耿於懷。

阿忍走去教室檢查值日生打掃的情況時，在玻璃窗外向內張望，發現芹澤勤正用掃把打澀谷淳一的屁股。但他們並不是在打架，澀谷淳一沒有反抗，只是默默地掃地，芹澤勤毫無理由地一個勁打淳一的屁股，有時候還打向淳一的頭。即使如此，淳一仍然沒有說什麼，只是哭喪著臉。其他學生根本不理會他們，似乎早就習以為常了。

阿忍打開教室的門，芹澤勤立刻離開了澀谷淳一的身旁。淳一瞥了阿忍一眼，繼續低頭掃地。

阿忍覺得不太對勁，但當時並沒有說什麼。

翌日課間休息時，阿忍向上原美奈子招了招手。美奈子喜歡頂嘴，而且人小鬼大，但也是第一個主動接近阿忍的學生。她經常對阿忍問東問西，代表她對阿忍有興趣。

「老師，妳沒有男朋友嗎？」

「妳有被搭訕過嗎？」

「妳是什麼罩杯？」

「妳有緊身衣嗎？」

她的這些問題都讓阿忍無法招架，無論如何，她是一個聰明的女生，消息也很靈通，經常告訴阿忍很多事。美奈子告訴阿忍，一班的中畑老師是巨人隊的球迷，三班的掛布老師是阪神老虎隊的球迷，兩個人在走廊上遇到時，雙方的眼睛都會迸出火花。

阿忍向她這個消息通打聽芹澤勤和澀谷淳一的事。

「喔，原來是這件事。」

美奈子皺著眉頭。她果然知道內情。「全都是鈍澀的錯。」

「鈍澀？」

「就是澀谷啊，遲鈍的澀谷，所以叫鈍澀，也有人叫他澀澀。他家很有錢，但他很小氣。」

真難聽的綽號。阿忍不由得同情淳一。

「為什麼是澀谷的錯？」

「山下老師是因為他才被調走的。他因為自己太遲鈍才會受傷，卻反過來責怪老師。我們都很討厭他。」

原來是這麼一回事。阿忍終於瞭解了。

「而且，芹澤最痛恨鈍澀，因為芹澤最尊敬山下老師。」

「是喔。」

聽到「尊敬」這兩個字，阿忍有點吃驚。

「但也不能欺侮同學啊。」

「是啊，」美奈子說：「其他人都不理鈍澀，只有芹澤一直欺侮他。」

「妳可以勸勸他。」

「我嗎？如果我這麼做，會被諷刺說我喜歡鈍澀，那我還不如死了算了。如果說我喜歡芹澤的話，我倒是不介意。」

「芹澤真的很帥。」
「對啊、對啊，啊，不行，是我先喜歡他的，老師不能橫刀奪愛。」
現在的小四學生到底都在想什麼啊。
之後，阿忍仔細觀察後，發現芹澤勤一有機會就欺侮澀谷淳一。阿忍在上課時，曾經兩次看到他用紙屑丟向淳一的後腦勺，警告了他。阿忍還曾經看到淳一下課時，背上被貼了「請打我」的字條，走在他身後的學生不停地打他。不用說，當然是芹澤勤貼了這張字條。
阿忍心想，一定要解決這個問題，但她不知道該不該找當事人直接談這件事。

4

四月底，阿忍決定召開一次家長會。她之前就在醞釀這件事。升上四年級後，換了班導師，家長也一定很不安。
家長會的出席率很高。家長果然很關心這件事，但和幾位家長聊了之後，發現他們最擔心的是「我們的孩子交給女老師教沒有問題嗎？」有人繞著圈子表達了內心的不安，也有的父母直截了當地說：「我很不放心。」阿忍越聽越火大。
——女老師有什麼不好？女老師也可以比男老師更嚴格，只怕這些小鬼吃不消，大家走著瞧吧。

阿忍的怒氣在心中翻騰，但是，她當然不可能說出口，臉上還是帶著微笑，很有耐心地向家長說明自己的教育方針。

第十位家長剛好是澀谷淳一的母親。看到她的長相，阿忍差一點驚叫起來。淳一的母親簡直就像藤子不二雄的漫畫中跑出來的典型教育媽媽。

「我兒子很擅長深入思考事物，算數和自然的成績都很好，但這也只是相對而言，他的國文、社會成績也都不錯。二年級的班導師曾經稱讚他，智力測驗的分數很高。」

她得意地笑了起來，推了推三角形的眼鏡。「喔，是嗎？」阿忍只能誠惶誠恐地附和。

「我聽到新老師是女老師，鬆了一口氣。之前的老師太粗魯了，竹內老師，我相信妳已經聽說了，他居然讓我兒子受了傷。我家淳一喜歡看書、畫畫，對文藝方面比較擅長，遇到像妳這麼有女人味的漂亮老師，我終於放心了。」

阿忍趕緊把在桌下張開的雙腳併攏。

「呃，請問一下，澀谷同學在家裡會不會經常談學校的事？」

阿忍終於切入正題。

澀谷淳一的母親用力點頭。

「有啊，他經常會談起學校舉辦了什麼活動，教了一些什麼。」

「有沒有提同學的事？」

「也會說啊，比方說，山本同學忘了帶作業，被老師罵了。」

「是嗎？」

澀谷在學校時沒有人理他，所以，他回家當然不可能告訴母親和同學一起玩的事，當然也隱瞞了芹澤勤欺侮他的事。這種情況很常見，如果被其他同學得知他向父母告狀，恐怕會加倍欺侮他。

之後，阿忍隨便聊了幾句，就結束了談話。澀谷淳一的母親對自己的兒子一無所知，趾高氣揚地走了出去，但她留下的老女人香水味久久無法散去。

阿忍又和幾位家長交談之後，輪到了芹澤勤的母親。芹澤的母親看起來很年輕，乍看之下，感覺和阿忍的年紀差不多，氣質出眾，和澀谷淳一的母親形成了明顯的對比。

阿忍在閒聊時，問了芹澤母親的情況，得知她在保險公司跑外務。今天也是從公司下班後來到這裡，手上拿著一個裝了保險簡介的黃色公事包。她丈夫是設計師，平時在家工作，最近自立門戶，所以全家搬到了目前的房子，芹澤勤也是在二年級快結束時轉入這所學校。

聊了一陣子這些無關痛癢的話，阿忍決定漸漸切入核心問題。

「聽說芹澤同學很喜歡三年級時的山下老師。」

「對，是啊，我也聽說了。」

她的語氣有點吞吞吐吐。

「山下老師調職後，他應該很沮喪吧。他在家裡時有沒有感覺不開心？」

「不知道，我沒有發現……我很少在家，下次我問一下外子。」

父親在家工作，果然比較有時間和兒子溝通。

「呃，」她開口問：「他是不是因為這件事在學校闖禍了？」

阿忍猶豫了一下，不知道該不該說，但最後決定利用這個機會，說出芹澤欺侮淳一的事。

芹澤勤的母親聽了，忍不住皺起形狀很漂亮的眉毛。

「沒想到那孩子居然做這種事……我知道了，今天晚上，我會好好罵他。」

「不，這樣我會很傷腦筋。」阿忍慌忙說道：「如果學生知道老師和家長聯手，就會把心封閉起來。請妳瞭解目前的情況就好，再繼續觀察他一下。

「但澀谷同學不是很可憐嗎？」

「我會想辦法，我會負起責任解決這個問題，所以，請妳再給我一點時間。」

「好。既然老師這麼說，那就交給妳處理了。」

「話說回來，」阿忍說：「山下老師真受歡迎，沒有一個學生說他的壞話。」

「是嗎？」芹澤勤的母親偏著頭笑了笑，「因為是年輕的男老師，學生們只是很崇拜他吧。」

「也許吧。」

阿忍也表示同意。

芹澤勤的母親離開後，上原美奈子的母親走了進來。她一坐在椅子上，就立刻壓低聲音說：

「剛才的是芹澤的母親吧？真難得，平時都是他父親來開家長會。」
「是嗎？」
「對，他爸爸是設計師，穿衣服很有品味，身材也很好，英俊又帥氣。」
她雙眼發亮地說。母親是這種個性，難怪女兒是那樣。阿忍不禁覺得「有其母，必有其女」這句話很正確。

5

家長會的四天後，阿忍見到了山下老師，但並不是特地去找他，而是因為教育指導研究會的工作關係，要去山下就任的小學辦事情。阿忍在學校時向山下打了招呼，放學後，約在附近的咖啡店見了面。
山下的個子並不高，但肩膀很結實，感覺很壯碩。他理著平頭，看起來像運動員。阿忍對他說出了自己的第一印象。
「和之前相比，肌肉已經少很多了。」
他露出潔白的牙齒。
「你以前從事什麼運動？」
「體操，中學、高中和大學都是體操運動員。」

山下穿著西裝，仍然可以看到他飽滿的肌肉。阿忍覺得那是標準的運動員身材。

「別看我這樣，我在全國高中綜合運動會上得到第三名時，還曾經上過報，雖然只是大阪的地方新聞。」

「是嗎？太厲害了。」

「好漢不應該提當年勇。」

哈哈哈。山下笑了起來。

「因為你有豐富的經驗，所以才會這麼熱心教學生器械體操。」

聽到阿忍這麼說，山下露出落寞的眼神。

「原來妳已經知道跳箱意外的事了。」

「不，我不是挖苦你的意思，請你不要不高興。」

阿忍慌忙搖手。

「我沒有不高興，那完全是我的疏失。讓學生做器械體操時，我應該在旁邊，但時間久了，就一時大意。我為這件事深刻反省。」

山下皺著眉頭，垂下了頭。

「但多虧你的熱心輔導，二班的學生都很擅長體操。」

聽到阿忍這麼說，他的表情亮了起來。

「對吧？他們剛升上三年級時，大部分人連吊單槓都不會。在腳踏實地訓練之後，終於達到了目前的水準。而且，當學生學會之前不會的事，可以讓他們自信大增。他們在這一年內進步很多。」

說完，他再度露出懊惱的表情，「我真的對那起意外感到很遺憾，比起我被調職，我更不忍心讓那些學生以為體操很危險。」

然後，他又小聲地說：「我至今仍無法想像那個跳箱會那樣倒下來。」

「沒錯，」阿忍也探出身體，「我也調查過了，但還是無法相信。學務主任說，凡事都有意外。」

「意外……嗎？」

山下抱著手臂。

之後，阿忍告訴他澀谷淳一和芹澤勤的事。山下更憂鬱地扭曲著臉。

「芹澤欺侮澀谷……是嗎？真糟糕啊，那件事明明是我的錯。」

「聽說芹澤同學很喜歡你。」

「對啊，雖然我也搞不清楚原因，但他真的很喜歡我。而且，他的運動神經特別好，所以，我教他體操時也特別用心。」

提起這件事，山下難掩喜色，但又隨即收起笑容。「但不管怎麼說，都不可以欺侮同學。竹內老師，我好像留了大包袱給妳，還請妳多費心了。」

說著，他低頭向阿忍鞠了一躬。

阿忍給他打了很高的分數。談這種事時，很多人會說：「那我會出面提醒他一下。」但這就逾越了分際，等於認為目前的班導師沒有能力處理這個問題。雖然山下目前的發言聽起來好像在袖手旁觀，其實交由對方處理，才是真正尊重對方。

「也許下次我會找你商量，到時候就拜託了。」

阿忍也謙虛地說。

「隨時歡迎。忍老師，妳這麼年輕，太優秀了，聽說妳之前又去大學深造。女性以後在社會上會越來越活躍，希望妳好好加油。」

「謝謝。」

「恕我冒昧，妳還是單身嗎？」

「對。」

「是嗎？我想，妳早晚會結婚，但即使結了婚，也不能辭去工作。如果因為結婚而失去了光芒，簡直就是賠了夫人又折兵。」

「我會記住你的話。山下老師，你很瞭解女人。」

「啊？沒有啦，」他抓了抓頭，「我繞了很多遠路，才走到今天。」

說著，他露出凝望遠方的眼神。

6

和山下見面的翌日，阿忍在學校找了芹澤勤談話。阿忍把他叫到了老師辦公室，以免被其他同學發現。

芹澤一臉不悅地把頭轉到一旁，似乎在說，我不承認妳是我的班導師。

「你好像痛恨澀谷同學。」阿忍開口說道。

芹澤看了她一眼。

「是鈍澀告訴妳的嗎？」

「不是，是其他同學說的，而且，我也好幾次親眼看到你欺侮他。」

他冷笑了一聲，又把頭轉到一旁。

「全都是他的錯。」

「是嗎？他跳箱時受傷，也因此吃了苦頭。」

「誰叫他連跳箱也不會。」

「這樣說對嗎？澀谷同學的數學成績比你好，如果他說你這麼簡單的題目也不會，你不會生氣嗎？」

「數學是功課啊。」

「跳箱也是啊。每個人都有自己擅長和不擅長的事。」

阿忍笑著說道，芹澤勤懊惱地低下頭，但隨即抬起頭，露出不服氣的眼神。

「他是故意受傷的。」

「故意的？」

「對啊，因為他討厭練習跳箱，所以覺得受傷之後，就可以不用練習了。」

「他會做這種事嗎？」

「老師，妳不瞭解他，他會耍這種手段。運動會上比賽跑步時，他為了怕丟臉，故意跌倒。所以，他在跳箱時，也故意把跳箱推倒，一定是這樣的。山下老師就是因為這個原因被調走了……他爸媽也超級討厭的。」

阿忍嘆了一口氣。

「你現在仍然覺得山下老師比較好吧。」

「因為山下老師很關心我們，是我們的朋友。」

「我也很關心你們，也是你們的朋友。」

「不行，我不能相信其他老師。」芹澤說完，轉身走出了教師辦公室。

問題似乎很嚴重。阿忍不禁嘀咕道。

接著，阿忍決定找澀谷淳一瞭解情況。雖然她不相信芹澤勤說的話，但對那起意外始終耿耿於懷。

澀谷淳一走進教師辦公室，就顯得戰戰兢兢。他脹紅了臉，汗水從他的太陽穴流了下來。為了消除他的緊張，阿忍笑了笑，說希望瞭解一下之前跳箱發生意外時的情況。他的表情頓時緊張起來。

「我、我、我什麼都不知道，我只有跳箱而已。」他拚命搖著頭。

「我知道，但老師希望你再詳細回想一下當時的情況。你在練習跳箱時，附近有人嗎？」

「沒有，只有我一個人而已。」

「你一直都是一個人嗎？」

淳一抬起眼，點了點頭，代替了他的回答。

「你跳了幾次？」

「呃……十次，還是二十次吧。」

「然後，在某次跳的時候，跳箱突然倒下了嗎？」

「是怎樣倒下的？是不是有鬆脫或是毀壞的感覺？」

淳一默默點頭。

「嗯……好像偏了。」

「偏了？」

「跳箱的格子好像沒有對準，我手放在跳箱上時，跳箱好像動了。」

「原來是這樣。」

難怪淳一跳上去後，跳箱會倒塌，讓他受傷。澀谷淳一雖然運動神經不佳，但觀察很敏銳。但是——

「但是，在那次之前，完全沒有異狀吧？跳箱也沒有晃動，對嗎？」

「沒有。」

「這就奇怪了，」阿忍呻吟著，抱起雙臂，「你一直在練習吧？沒有離開過吧？」

「嗯。」淳一小聲回答，「啊！」他突然輕輕叫了一聲。

「怎麼了？你想起什麼了嗎？」

阿忍追問道，淳一有點手足無措。

「呃……我去過廁所。」

「廁所？」

「我去尿尿。尿完之後，我想再跳一次，結果……」

「跳箱就倒了嗎？」

淳一用力點頭。

「嗯，」阿忍再度沉吟。雖然她認為不可能，但一個疑問還是浮上了心頭。不過，到底是誰？有什麼目的？

「我再問你一次，周圍真的沒有別人嗎？」

「嗯。」

「真的嗎？是不是有人在某個地方看著你？」
「這……」
淳一立刻露出不安的表情。
這天，阿忍回到家時，聽到屋內傳來笑聲。她驚訝地走到廚房，發現母親妙子和新藤面對面坐在餐桌旁。桌上放了兩個已經喝空的啤酒瓶，另一瓶也只剩下一半了。配啤酒的下酒菜是章魚燒。
「啊，妳回來了，」妙子慢條斯理地說：「要不要吃章魚燒？」
「打擾了。」新藤滿臉通紅地向阿忍點了點頭。
「喂，這是怎麼一回事？」
「我在心齋橋剛好遇到新藤先生，想去喝杯咖啡，但與其付那麼多錢在外面喝咖啡，還不如回家喝啤酒，所以我就帶他回家了。妳趕快去換衣服，章魚燒要冷掉了。」妙子好像開機關槍般一口氣說道。
「莫名其妙，吃晚飯之前喝這麼多酒。」
「妳別這麼說嘛，今天妳爸爸會晚一點回來，我們隨便吃點茶泡飯當晚餐吧。新藤先生說話太有趣了，刑警的工作很不錯嘛。」
妙子心情大好。她難得喝這麼多，而且還有人陪她喝。阿忍的爸爸不會喝酒。

「啊呀啊呀，伯母說話也很有意思，尤其是阿忍小姐小時候的事，真是笑死人了。」

聽到新藤的話，阿忍用力瞪著妙子。

「妳是不是又說了什麼無聊的事？」

「沒有啊，我說的都是事實。」說著，妙子仰頭喝著啤酒，「我只說妳讀小學的時候，把狗大便放在討厭的老師的鞋子裡。」

「啊，這件事不可以告訴任何人啊。」

「果然是真的。」新藤哈哈大笑起來。

「才不是呢，是我的同學慫恿我——」

「還有，在防火演習時，她拿了煙火，在演習進行到一半時點了火。那時候，她的班導師嚇得從樓梯上跌了下來。」

「唉，這麼久以前的事，我都差點忘了。」阿忍搶過妙子的杯子，喝了剩下的酒。「沒啤酒了嗎？」

「有啊，有啊。」妙子打開冰箱，拿出兩罐啤酒。她到底買了多少？

「原來妳小時候討厭老師。」新藤把花生丟進嘴裡說道。

「我媽連這個都告訴你了嗎？」

「太意外了。沒想到討厭老師的人最後當了老師。」

「她經常說，如果是她，一定可以當更優秀的老師。」

「媽，妳不要把不該說的事也告訴他嘛。」

「原來是這樣，言之有理，」新藤佩服地點點頭，「所以才會當老師。但忍老師說得沒錯，她很受學生的愛戴，太了不起了。」

「不行，我差遠了。」

阿忍腦海中掠過芹澤的臉龐，接著，是澀谷淳一的圓臉——

「媽。」阿忍轉頭看著妙子。

「幹嘛這麼嚴肅？」妙子也跟著緊張起來。

「如果自己的小孩很崇拜班導師，父母會有什麼想法？」

「妳問的問題還真奇怪。小孩子崇拜班導師不是很好嗎？」

「會不會因為太崇拜，所以產生嫉妒或是吃醋呢？」

「吃醋？太愚蠢了，」妙子用力皺著眉頭，「天下哪裡有會嫉妒老師的父母？妳老是說這種莫名其妙的話，或許真的該像新藤先生說的，趕快結婚，自己生兩、三個小孩。」

「什麼？」阿忍驚訝地看著新藤，「你說了這件事？」

新藤害羞地用手摸著頭。

「呃，是啊，嘿嘿嘿。」

「我很贊成啊，公務員不受景氣的影響。」

「對啊、對啊，來來來，喝一杯。」

「啊喲，我不能再喝了。」妙子雖然嘴上這麼說，但還是遞上杯子。

哼，莫名其妙——阿忍走出廚房，身後傳來妙子大聲說話的聲音。

「這孩子如果不趕快嫁出去，我就沒辦法放心。小女不良，還請你多包涵。」

「什麼『小女不良』，是『小女不才』啦。」阿忍大聲吼道。

7

文福小學有圖書課。就是讓小孩子在圖書室看自己喜歡的書。

文福小學的圖書室很大，藏書豐富，和外面的公立圖書館不相上下。如果只比較兒童書籍的藏書量，文福小學甚至略勝一籌。

「老師，這是什麼？」

上原美奈子指著報紙的縮印本問道。阿忍也十分驚訝，沒想到圖書室連縮印本都有。

「這是把以前的報紙縮小印刷後訂在一起，這樣就可以知道以前發生了什麼事。」

說著，阿忍翻了起來。

「是喔。」

但是，美奈子對報導的內容不感興趣，指著以前的偶像明星的廣告笑了起來，「這是什麼啊，好俗氣的衣服。」

阿忍一看，發現和她高中時穿的衣服差不多。

阿忍看到縮印本的年份時，想到之前遇見山下，他說以前曾經上過報。雖然不知道他正確的年齡，但應該是十幾年前吧。阿忍找了幾本可能刊登了山下得獎報導的報紙縮印本。她根據全國高中綜合運動會這個關鍵字尋找，很快就找到了。那篇報導刊登在十七年前的報紙上。正如山下說的，是在地方新聞的版面。

「為考大學用功讀書的同時，在全國高中綜合運動會上勇奪第三名　阪奈高中體操隊的三年級　山下博夫同學」

那篇報導上寫了這樣的標題。報導內容乏善可陳，說他在為了考大學用功讀書的同時，也積極參加體操隊的訓練，最後奪得了好成績。旁邊有一張山下年輕時滿臉笑容的照片。

看到這張照片時，阿忍有一種奇妙的感覺。她腦海中浮現了問號，卻不知道覺得哪裡不對勁。

她又仔細看了照片，終於恍然大悟。她抬起頭，在圖書室內巡視著。

然後，她倒吸了一口氣。

8

「不好意思，打擾妳工作。」

阿忍鞠了一躬。咖啡店內空蕩蕩的，周圍沒什麼客人。因為談話內容很敏感，所以人少反而比較好。

「不，沒關係，我家小勤是不是又闖禍了？」

芹澤勤的母親擔心地問。阿忍在調查後知道，芹澤勤的母親叫育子。

「對，這件事和他也有關係，」阿忍看著育子的眼睛繼續說道：「我想找山下老師一起來談談，不知妳意下如何？」

育子臉上明顯露出了慌張的神情。

「要談什麼？」

「就是關於芹澤同學各方面的事。」

「為什麼？現在的班導師不是妳嗎？和山下老師沒有關係啊。」

「我的確是芹澤的班導師，但山下老師是他的父親。」

育子張大了嘴，然後想要站起來。阿忍立刻抓住了她的手。

「我還沒有告訴山下老師。但是，如果妳現在逃避，我就不得不去見山下老師了，這樣也沒關係嗎？」

育子聽了阿忍的話，全身癱軟，重新坐回椅子。她一臉茫然，阿忍決定等她回神再繼續討論。

「妳怎麼會知道？」

過了一會兒，育子問道。她的聲音很平靜。

「因為我看到這個。」

阿忍拿出一張報紙的影本。就是報紙縮印本的影本。育子看了，也有點驚訝。

「是不是很像？」阿忍問。「看到這張照片時，我立刻覺得好像在哪裡見過這張臉，後來才發現和芹澤同學很像。」

「就憑這一點？」

「當然不是這樣而已。看到這張照片時，我覺得難以置信，但是，我看了芹澤轉學到這所學校時的資料，得知他目前的父親是和妳在兩年前結婚時，一下子出現了很多想像。雖然我知道這麼做很失禮，但我打電話給妳先生，問他知不知道誰是芹澤同學的父親。妳先生說，他不瞭解詳細的情況，他打算等妳有朝一日告訴他實情。妳去年從來沒有參加過家長會，我想，也許不是因為工作的關係，而是妳不想見到山下老師吧？」

育子帶著沉痛的表情聽著阿忍說話，最後，她嘆了一口氣說：

「小勤剛轉到這所學校時，我作夢都沒有想到他會在這所學校。升上三年級後，當小勤把班上的照片帶回家時，我嚇得心臟幾乎停止跳動。我甚至不需要問他是不是叫山下博夫，絕對錯不了，就是他。」

「你們之前結過婚嗎？」

「不，但是，我們說好要結婚。在準備決定婚期時，我們的意見出現了分歧。他希望我辭職，回家專心當家庭主婦。我覺得這麼做根本沒道理，把女人關在家裡不是很奇怪嗎？他堅稱女人在外工作，就無法好好照顧孩子。最後兩個人意見相持不下，就分手了。」

育子喝著咖啡，又嘆了一口氣。她的嘴角露出一抹冷笑。

「諷刺的是，分手之後，我發現自己懷孕了。我不顧父母的反對，決定生下這個孩子。我想要證明，即使只有我一個人，也可以一邊工作，一邊帶孩子。而且，我打算一輩子都不結婚。」

「但是，妳後來還是結婚了。」

「對，因為我先生人真的很好，他知道我有一個拖油瓶，仍然向我求婚。對小勤也視如己出，全天下找不到像他這麼好的人了。」

「我瞭解。」

阿忍點著頭。所以，他也積極出席其他父親根本不願意參加的家長會。

「正因為這樣，我更不能見山下先生。因為這麼一來，他就會發現小勤是他的兒子。如果小勤得知了真相，我就無法面對我先生了。所以，我打算在小勤畢業之前，一直隱瞞這件事。」

「畢業嗎……但是，情況發生了變化。」

聽到阿忍這麼說，育子張大了眼睛。

「情況是不是發生了變化？」阿忍再度問道，「所以，妳必須設法讓山下老師調走。」

育子咬著嘴唇，注視著阿忍的臉。

「我聽澀谷同學說了他在跳箱受傷時的詳細情況，我也因此開始懷疑這起意外是否與芹澤同學有關，只是當時我不瞭解其中的原因。我以為是因為芹澤太崇拜山下老師，導致妳心生嫉妒。但是，如果山下老師是芹澤的親生父親，情況就完全不一樣了。」

「澀谷同學……他看到了嗎？」

「對，他看到了。」阿忍斬釘截鐵地說：「意外發生之前，他去了廁所。在他去廁所之前，發現後門附近有一個女人看著他。澀谷不記得那個女人的長相，只記得一個特徵，說那個女人拿了一個黃色的公事包。」

「啊……」

育子看了一眼旁邊的椅子。那裡放著她上班時帶的黃色公事包。

育子點了第二杯咖啡後，開始娓娓訴說。

「老實說，我也不知道小勤為什麼那麼崇拜山下老師，他不可能知道那是他的親生父親，但也許他的身體感受到父親的味道，或者該說是本能吧。也可能山下先生身上有吸引那孩子的要素。總之，我看到小勤那麼喜歡山下老師，整天感到提心吊膽，也覺得很對不起我先生，辜負了他對小勤的愛。」

「所以，妳想設法把山下老師調走……」

育子點點頭。

「但是，我想不到好方法。就在這時，小勤告訴我一件有趣的事。山下老師在教小孩子器械體操，不會的同學就要留下來。尤其我注意到澀谷同學每次都會被留下來。他的母親是家長會中最囉嗦的人，而且很溺愛兒子。如果放學後的特別訓練發生什麼意外，山下老師絕對無法繼續留在學校。」

「所以，妳就在那天來學校……」

「但是，我離開家門時，還沒有明確的計畫。那天剛好因為工作關係來到學校附近，所以順便來看一下情況。果然看到澀谷同學一個人在練習跳箱。澀谷同學意興闌珊，一副不太想練的樣子。因為他正對我的方向，所以我只好躲起來偷偷觀察他，直到看見他去了廁所。於是，我就從後門走了進去，把跳箱最上面那一格稍微移動了一下。雖然我不確定這樣就能引起意外，但我無法不做點什麼。」

「結果卻完全符合妳的計畫。」

「順利得令我感到害怕。我終於鬆了一口氣，這麼一來，就不會再見到山下老師了。沒想到，我想得太天真了。雖然我把他趕離了這個學校，他卻在小勤的心裡。我終於發現，小孩子真的太敏感了。」

育子的肩膀放鬆下來，「這就是事情的所有經過。」

「謝謝妳告訴我。」

阿忍向她道謝。

「老師，請妳把這件事藏在心裡，千萬不要告訴任何人。我真的很對不起澀谷同學，但我打算用其他方式向他道歉，所以……」

育子低頭拜託，隨即說不出話。

「請妳抬起頭，其他客人會覺得很奇怪。」

「但是……」

「請妳放心，我絕對不會告訴別人。」

「真的嗎？」

「對。其他的事就交給我吧。」

阿忍明確地說道。

9

「信？要我寫信嗎？」

山下又確認了一次。阿忍和他一起坐在他任教的小學的會客室。

「對，麻煩你了。」阿忍說道。

「寫信當然沒有問題，要寫給澀谷和芹澤嗎？」

「不，只要寫一封給全班同學就好，否則對其他同學不公平。」

「的確。」山下點了點頭，似乎很有同感。「要寫什麼？說大家不應該怪澀谷嗎？」

「不，這個問題留給他們自己解決。我會協助他們解決。」

「我瞭解了。」他又用力點了點頭。「那我要寫什麼？」

「只要寫一些平常的內容就好，比方說，你目前教學生的情況，還有每天的生活，只要照實寫就好。」

「好，我知道了。」

山下從上衣口袋裡拿出記事本，把阿忍的要求記了下來。

阿忍此舉的用意並不是為了把山下的信拿給學生看，告訴他們，山下老師已經不是他們的班導師了。她希望學生瞭解，除了自己以外，還有其他孩子也需要「山下老師」。

「妳似乎並不輕鬆。」

山下收起記事本時說道。這時，他的記事本中掉落一張照片。阿忍拿起照片。

「啊，這張照片……」

那是山下和目前阿忍班上的幾個同學的合影。學生都揹著背包，似乎是在遠足時照的。

「慘了，被妳看到了，」山下抓了抓頭，「換學校之後，我努力試著忘記以前的學生，但還是不捨得放棄這張照片。我知道這樣不行，回去之後，我會把這張照片貼到相簿中。」

「我也覺得這樣比較好，希望你珍惜這張照片。」

阿忍把照片還給了他。

照片中，山下穿了一件深藍色毛衣，對著鏡頭露出笑容。身穿相同顏色運動服的芹澤勤站在他旁邊，對鏡頭比出V的手勢。

10

「原來是這樣。」

聽完阿忍的話，新藤一臉凝重地頻頻點頭，「妳辛苦了。」

「但我受益良多。」阿忍回答。

他們又來到日前新藤求婚的咖啡店。今天是阿忍主動約他，把這次的事告訴了他。

「我再次覺得教師的工作真不容易，我實在太稚嫩了，還需要好好學習。」

「妳還學到另一件事吧？」新藤問。

「什麼？」阿忍看著他。

「妳應該也深刻瞭解到雙薪家庭養育孩子很不容易吧。」

聽到新藤這麼說，阿忍聳了聳肩膀。

「你說得對，我真的覺得自己太幼稚了。」

「這就是妳的答覆嗎？」

「呃……」

「就是妳對我求婚的答覆。妳的意思是說，目前還不想結婚，對嗎？」新藤臉上帶著笑容，但聲音顯得很無力。

阿忍苦笑著低下頭，然後又抬頭看著他的臉說：

「請你等我一年的時間。」

新藤露出訝異的表情，「什麼意思？」

「我想花一年的時間，試試自己能夠在何種程度上抓住這些學生的心。如果我產生了自信，到時候——」

她沒有繼續說下去。

「一年嗎？」新藤直視著阿忍的眼睛，然後似乎覺得自己表現出這種真摯的態度有點丟臉，用力伸了一個懶腰，「真傷腦筋，那我又要重新練習怎麼求婚了。」

「下次可不可以選一個浪漫一點的地方？」

「那我們去道頓堀吃章魚燒，然後我向妳求婚，妳覺得怎麼樣？」

他的話音剛落，他口袋裡的呼叫器就響了。他慌忙關掉了電源。

「我在約會的時候居然還發生事件。」

「那不是你的工作嗎？」

新藤露出微笑。

「妳說得對，那我去工作了。」他伸出右手。

「小心點。」阿忍也伸出手。他們隔著桌子握著手。

啊，男人的手真粗大。

11

雖然看起來慢吞吞的，但澀谷淳一應該已經使出了全身的力氣，但是，他來到踏板前就放慢了速度，戰戰兢兢地踩了踏板，根本不可能讓他原本就很肥胖的身體跳起來。果然不出眾人所料，他一屁股坐在跳箱上。

「不行，重跳一次。」

阿忍抱著雙臂說道。淳一哭喪著臉，慢慢走向助跑的起點。

這是在上體育課。這天，阿忍拜託了校長，終於獲准可以使用跳箱。

「好，開始。」

阿忍一聲令下，澀谷淳一又慢吞吞地跑了起來，然後又無力地踩了踏板。這一次，甚至無法跳到跳箱上，大腿之間撞到了跳箱。

「重來。」

阿忍冷酷地說道。淳一快哭出來了。

其他同學都抱著雙膝，坐在阿忍身後。剛才每個人都已經跳過了，最後只剩下淳一而已。阿忍事先就和他們約定，要等所有人都完成之後，才能做下一項運動。

當淳一試了超過十次後，一開始嘲笑他的同學也收起了笑容，他們似乎被阿忍氣勢洶洶的樣子嚇到了。

當淳一再次失敗時，同學中傳來一個聲音。阿忍朝那個方向看去。

「你說什麼？再大聲點？」

「要、要踩在踏板、更靠近跳箱的地方才行。」

一個男生說道。

「是喔。」

阿忍抱著手臂，又點了點頭。「那你就這麼教澀谷同學啊。」

那個男生磨蹭了一下，隨後走到淳一身旁開始教他。淳一似乎難以理解，又有另一個男生站了起來，兩個人一起教他。

「好，那就參考他們的建議再挑戰一次。」

阿忍說完，淳一跑向跳箱。這一次，身體跳得比剛才高了，但離跳過跳箱還差得很遠。

「鈍澀，你跳的時候要更勇敢一點。」

上原美奈子終於忍不住站了起來。用力拍著跳箱指導澀谷。

於是，又有其他男生不甘示弱地跑了過去。

「手撐的位置更重要。鈍澀，你撐得太前面了。」

「不對不對，他張開腿的方式也不正確。」

「跑步的方式也有問題。」

所有同學你一言，我一語地指導起來，澀谷淳一有點無所適從。

最後，芹澤勤站了來。

他走了過去，周圍一下子安靜下來。淳一的臉上也露出害怕的表情。

芹澤拍了一下淳一的屁股說：「你的屁股太重了啦。」

從他的語氣中無法分辨他在開玩笑還是在欺侮淳一，其他同學仍然不說話。芹澤繼續說：

「訣竅就是屁股要盡可能抬高。」

「喔。」

淳一點了點頭，回到了助跑的起點，他的腳步比剛才更加輕快。

——現在終於站在起點了。

阿忍鬆了一口氣，但不能因此就感到安心，這場仗才剛開始。

謎人俱樂部

歡迎加入**謎人俱樂部**！為了感謝您對皇冠出版的推理、驚悚小說的支持，我們特別規劃推出讀者回饋活動，您只要按照規定數量蒐集每本書書封後摺口上的印花（影印無效），貼在書內所附的專用兌換回函卡上，並詳填個人資料後寄回，便可免費兌換謎人俱樂部的專屬贈品！詳細辦法請參見【謎人俱樂部】活動官網。

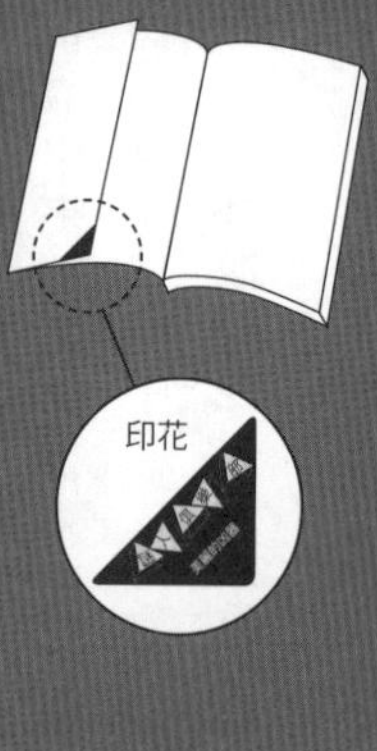

【謎人俱樂部】臉書粉絲團
www.facebook.com/mimibearclub

☐集滿4個印花贈品（二款任選其一）：

A：【推理謎】LOGO皮質燙銀典藏書套一個
（黑色，25開本適用，限量1000個）

B：【推理謎】吉祥物『獨角獸』圖案皮質燙金典藏書套一個
（咖啡色，25開本適用，限量1000個）

☐集滿8個印花贈品（二款任選其一）：

C：【推理謎】LOGO皮質燙金證件名片夾一個
（紅色，11.5cm x 8.6cm，限量500個）

D：【推理謎】吉祥物『獨角獸』圖案環保購物袋一個
（米色，不織布材質，41.5cm x 38.6cm，限量1000個）

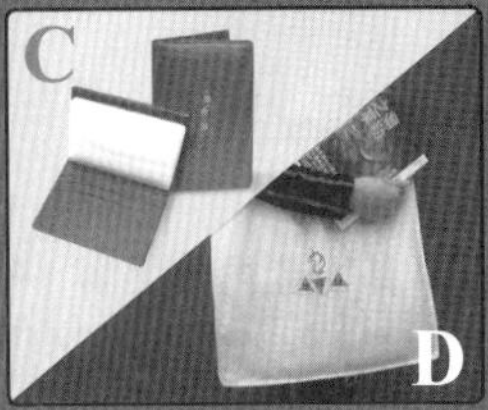

☐集滿12個印花贈品（二款任選其一）：

E：【推理謎】LOGO不鏽鋼繩鑰匙圈一個
（限量500個）

F：【推理謎】吉祥物『獨角獸』圖案馬克杯一個
（白色，320cc容量，限量500個）

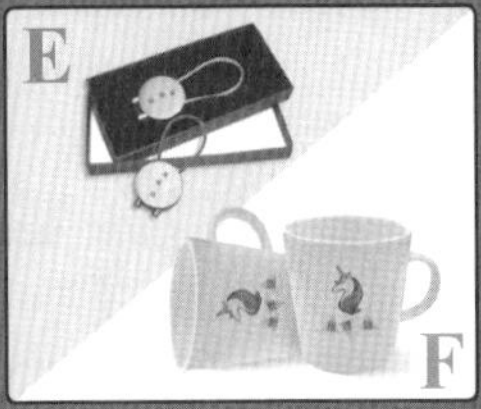

謎人俱樂部會不定期推出最新限量贈品提供兌換，
請密切注意活動官網和粉絲專頁。

?

【注意事項】
◎本活動僅限台灣地區讀者參加。
◎贈品兌換期限自即日起至2019年12月31日止（以郵戳為憑）。
◎贈品圖片僅供參考，所有贈品應以實物為準。
◎所有贈品數量有限，送完為止。如讀者欲兌換的贈品已送完，皇冠文化集團有權直接改換其他贈品，不另徵求同意和通知。贈品存量將定期在【謎人俱樂部】活動官網上公佈，請讀者在兌換前先行查閱或直接致電：（02）27168888分機114、303讀者服務部確認。
◎皇冠文化集團保留修改或取消謎人俱樂部活動辦法的權利。辦法如有更動，將隨時在【謎人俱樂部】活動官網上公佈。

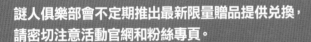

國家圖書館出版品預行編目資料

再見了，忍老師 -- 浪花少年偵探團 2/ 東野圭吾著 ; 王蘊潔譯 . -- 初版 . -- 臺北市 : 皇冠 , 2012.11 面 ; 公分 . --
(皇冠叢書 ; 第 4269 種)(東野圭吾作品集 ;14)

譯自 : しのぶセンセにサヨナラ -- 浪花少年探偵団 . 独立篇
ISBN 978-957-33-2953-4(平裝)

861.57　　101021292

皇冠叢書第 4269 種
東野圭吾作品集 14
再見了，忍老師
浪花少年偵探團 2

しのぶセンセにサヨナラ
浪花少年探偵団 ・ 独立篇

作　者—東野圭吾
譯　者—王蘊潔
發行人—平雲
出版發行—皇冠文化出版有限公司
台北市敦化北路 120 巷 50 號
電話◎ 02-27168888
郵撥帳號◎ 15261516 號
皇冠出版社 (香港) 有限公司
香港上環文咸東街 50 號寶恒商業中心
23 樓 2301-3 室
電話◎ 2529-1778 傳真◎ 2527-0904
美術設計—王瓊瑤
著作完成日期— 1996 年
初版一刷日期— 2012 年 11 月
初版三刷日期— 2019 年 03 月
法律顧問—王惠光律師

讀者服務傳真專線◎ 02-27150507
電腦編號◎ 527011
ISBN◎978-957-33-2953-4
Printed in Taiwan
本書定價◎新台幣 260 元 / 港幣 87 元

謎人俱樂部贈品兌換卡

我要選擇以下贈品（須符合印花數量）：☐A ☐B ☐C ☐D ☐E ☐F

1	2	3	4
5	6	7	8
9	10	11	12

【個人資料蒐集、利用及處理同意條款】

您所填寫的個人資料，依個人資料保護法之規定，皇冠文化集團將對您的個人資料予以保密，並採取必要之安全措施以免資料外洩。您對於您的個人資料可隨時查詢、補充、更正，並得要求將您的個人資料刪除或停止使用。

本人同意皇冠文化集團得使用以下本人之個人資料建立該集團旗下各事業單位之讀者資料庫，做為寄送出版或活動相關資訊、相關廣告，以及與本人連繫之用。本人並同意皇冠文化集團可依據本人之個人資料做成讀者統計資料，在不涉及揭露本人之個人資料下，皇冠文化集團可就該統計資料進行合法地使用以及公布。

☐同意　　☐不同意

我的基本資料

姓名：＿＿＿＿＿＿＿＿

出生：＿＿＿＿年＿＿＿＿月＿＿＿＿日　　性別：☐男　☐女

職業：☐學生　☐軍公教　☐工　☐商　☐服務業

☐家管　☐自由業　☐其他＿＿＿＿＿＿＿＿

地址：☐☐☐☐☐＿＿＿＿＿＿＿＿

電話：（家）＿＿＿＿＿＿＿＿（公司）＿＿＿＿＿＿＿＿

手機：＿＿＿＿＿＿＿＿

e-mail：＿＿＿＿＿＿＿＿

我對【東野圭吾作品集】系列的建議：

寄件人：

地址：□□□□□

北區郵政管理局登
記證北台字1648號
免 貼 郵 票

〔限國內讀者使用〕

10547

台北市敦化北路120巷50號

皇冠文化出版有限公司　收